おくのほそ道を旅しよう

田辺聖子

角川文庫
19727

目次

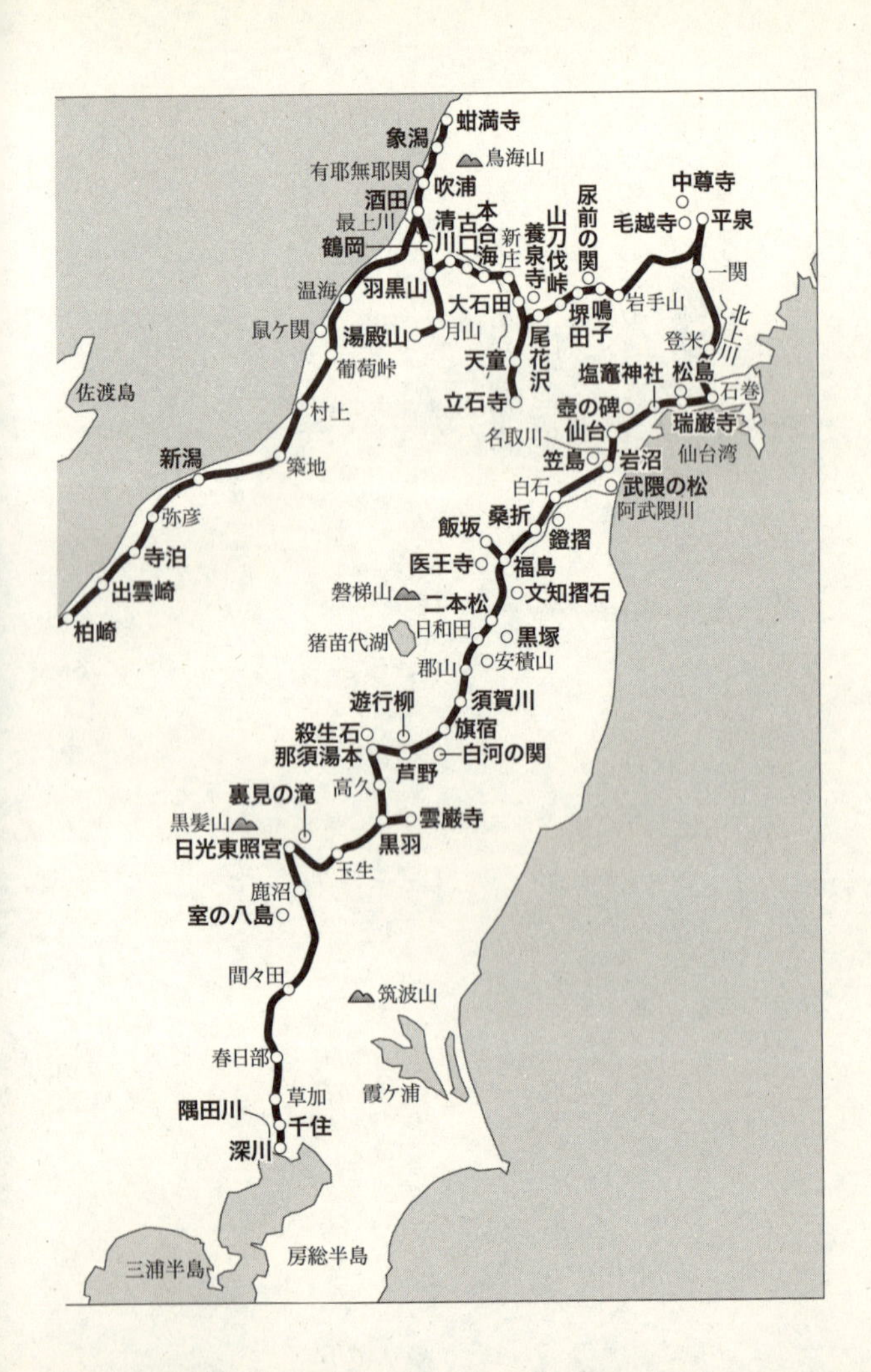
蚶満寺
象潟
鳥海山
有耶無耶関
吹浦
酒田
最上川
鶴岡
清川
古口
本合海
新庄
山刀伐峠
養泉寺
尿前の関
中尊寺
毛越寺
平泉
一関
岩手山
鳴子
堺田
大石田
羽黒山
温海
湯殿山
月山
鼠ケ関
葡萄峠
天童
尾花沢
北上川
登米
塩竈神社
松島
石巻
立石寺
佐渡島
村上
壺の碑
仙台
瑞巌寺
名取川
仙台湾
新潟
築地
笠島
岩沼
武隈の松
白石
阿武隈川
弥彦
桑折
飯坂
鐙摺
寺泊
医王寺
福島
出雲崎
磐梯山
文知摺石
二本松
柏崎
日和田
猪苗代湖
黒塚
郡山
安積山
遊行柳
須賀川
殺生石
旗宿
那須湯本
白河の関
芦野
高久
裏見の滝
黒髪山
雲巌寺
黒羽
日光東照宮
玉生
鹿沼
室の八島
間々田
筑波山
春日部
草加
霞ケ浦
隅田川
千住
深川
三浦半島
房総半島

田辺聖子
おくのほそ道の旅

※ゴシック体は著者が歩いた地名

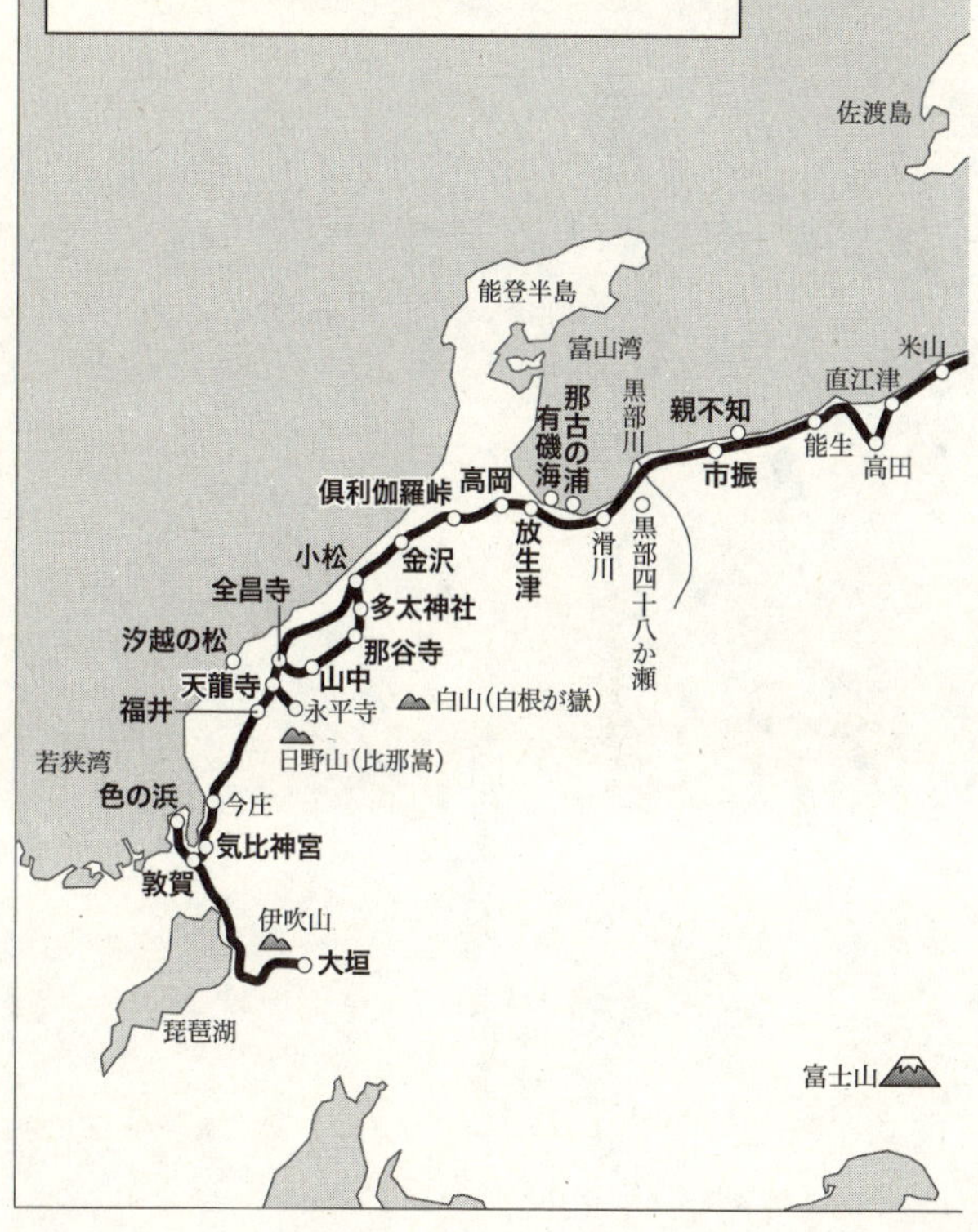

地図作成　小林美和子

旅立ち

1

芭蕉は旅立ちの支度をしている。

今年、元禄二年（一六八九）、芭蕉は四十六歳である。時は晩春である。

ずっと独り身で、清貧に窶れ、詩神に憑かれ、漂泊の風雲に身を苦しめてきた芭蕉は、年よりも老けて、ちょっと見たところ六十ぐらいの翁に見える。痔と疝気（胃痛）の持病があるが、強い精神力と克己心で凌いできた。どちらかというと小柄だが、筋肉質で引き緊った痩軀、意志的で謹直な表情、鋭い洞察力を秘めながら、温かいユーモアにあふれたまなざし。（それは向う人々の心を吸い取るように思われる。心ある人ならば、芭蕉に向き合ったとき、思わず彼を師と頼り、慕わずにいられない。芭蕉もまた、あらゆる人を貴賤や貧富で差別しない。彼の門人や弟子には、武士も町人も僧も俗もいた。路通のような

浮浪者さえいた。風雅の志ある者、その才ある者を、芭蕉は区別せず愛顧した）

芭蕉は当今、江都屈指の宗匠とうたわれながら、その暮しぶりはまことに簡素である。旅の用意も手ずからいそしむ。古笠の破れに紙を貼り、柿渋を塗り、漆を塗り溜めて、笠の緒を新たにつけ替える。

股引の破れをつくろい、紙子に足袋をとり揃える。旅支度は手慣れている。すでにそれまで何度も旅を経験していた。

故郷の伊賀上野への実務的な旅は措くとしても、ここ、江戸・深川の庵からはじめて風雅を探る行脚に出たのは四十一歳の年であった。貞享元年（一六八四）で、門人・千里を伴っての、『野ざらし紀行』である。伊勢参拝を果し、故郷に帰ってその前年、亡くなった母の霊を弔い、大和から吉野、山城・近江、大垣から尾張。……九ヵ月に及ぶ長旅だった。

野ざらしを心に風のしむ身かな

行倒れて身は野辺の白骨となってもままよ、それも風狂——と思いながらの旅だった。

死にもせぬ旅寝の果てよ秋の暮

「ここに草鞋を解き、かしこに杖を捨てて、旅寝ながらに年の暮れければ」旅の風趣は芭蕉の身に沁み、佳吟を多く得、人との出逢いを楽しみ、自然の深遠な美しさに精神感応した。

二年のち今度は鹿島詣でに、ついで東海道を上って、尾張から故郷へ、初瀬、吉野、奈良から須磨への長い旅。京にもとどまり、やがて信濃の更科の月をも賞した。発った日は神無月（陰暦十月）の下旬だった。

「空定めなきけしき、身は風葉の行く末なき心地して、

旅人とわが名呼ばれん初しぐれ」

旅こそ、わが人生。

芭蕉はそう考えるようになっている。雨・嵐に悩まされ、「冬の日や馬上に凍る影法師」寒さに悩まされつつ、しかし峠で春を迎えればその絶景に目をみはり、心も明るむ。

雲雀より空にやすらふ峠かな

「旅の具多きは道さはりなりと物みな払ひ捨てたれども、夜の料にと紙子ひとつ、合羽やうの物、硯・筆・紙・薬など、昼笥なんど物に包みてうしろに背負ひたれば、いとど臑よわく力なき身の、あとざまに引かふるやうにて道なほ進まず、ただものうきことのみ多し。

草臥れて宿かる頃や藤の花」


旅の憂さを知りつくした身なのに、やはりまた、旅がしたい。

芭蕉には一つの夢がある。

いかい、みちのくへ往こう。

奥州の歌枕が、自分を呼んでいる。

まだ見ぬ土地ながら、古人の古歌に親昵して、さまざまに思い描いている歌枕の土地のたたずまい。行けばさぞ、旧知の古里のように思えるのではあるまいか。

白河の関。名取川。

末の松山。壺の碑。

その地に立てば、古人もありありと目交に現出するのではないか。敬慕してやまない西行法師や、はたまた奥のほそ道のあちこちに歌を遺した能因法師、実方中将、奥州落ちした源義経、出羽・越後・越中へ出れば倶利伽羅峠の木曾義仲、古い歴史の夢のあと。

興亡うたかたのあとを、この目で見たい。

風が呼んでいる、山河が自分を招いている、と芭蕉は思う。

自然に触れて、清新な詩魂をふるい立たせよ、と使嗾している。

芭蕉はみちのくの旅を思い立った。

自分はひとところに安住し、ぬくぬくと小成に安んじていられる人間ではないらしい。

更に更に、身を削り、神を労し、「無能無芸にしてただこの一筋につながる」俳諧の道を、建立せねばならない。

芭蕉の慕わしいのは、人生を漂泊流浪して激越な詩をのこした唐土の詩人、杜甫・李白であり、旅をすみかにして生涯を終えた歌人西行や、連歌師宗祇である。

乞食行脚こそ、詩人のあるべきすがたではないか。宗祇は旅から旅へと遍歴して、「世にふるも更に時雨のやどりかな」と詠んだ。人生は時雨の宿りだというのか。

さらば自分も宗祇の時雨にぬれよう。

この笠で、宮城野の露を見にゆこう。

芭蕉は感興湧くままに、筆をとって笠のうちに書きつけた。

　世にふるも更に宗祇のやどりかな

みちのくは遠い。生きて戻れるだろうか。

今までの旅のように、故郷へ立ち寄って肉親の情に甘え、しばらく滞在して英気を養い、再び廻国するということは望めない。帰る日も期し難い。

芭蕉は住み慣れた深川の庵を人に譲り、その代価を路銀の足しにするつもりでいる。足掛け七年住んだところだが、物質的欲望に乏しい芭蕉は何に対しても執着はない。

この草庵にしてからが、弟子たちの喜捨によるものだった。

延宝八年（一六八〇）三十七歳のとき、芭蕉は江戸市中の住居と、俳諧宗匠の盛名を突如抛って、まだ開けぬ辺鄙な土地の深川村へ引っ越した。そのころの深川の地は、お江戸のうちとはいえ、『深川文化史の研究』（江東区刊）によれば、寺社や武家屋敷などが散在するものの、まだ人家も少く、田畑や草原が広々と広がっていたという。水郷なので土地は低く、荻や蘆がいたるところに繋っていた。

ただ、小名木川にかかる万年橋から眺める富士は美しく、隅田川を漕ぐ船の風情も興趣深かった。芭蕉は、なぜ殷賑の市中からこんな落莫たる郊外へ閑居したのか。

「九年の春秋、市中に住み侘びて、居を深川のほとりに移す。『長安は古来名利の地、空手にして金なきものは行路難し』と言ひけむ人の賢く覚えはべるは、この身の乏しきゆゑにや。

柴の戸に茶を木の葉搔く嵐かな」

芭蕉は都での名利を捨て、簡素な草庵ぐらしをして俳諧道に精進したいと思った。——嵐が木の葉を搔いて、茶を煮るべくすすめてくれる。門人・李下が芭蕉の株を贈ったところ、それがよく根付いて草庵の名物になり、いつとなく芭蕉庵と人が呼びならわし、芭蕉自身も、それまでの桃青という名から芭蕉に代えたほど、意にかなった。

しかしその庵はまもなく天和二年（一六八二）の大火に類焼し、芭蕉はあやうい命を助かった。翌年、門人たちは相寄って応分の喜捨をして庵を再建した。勧化簿によれば寄附するもの五十三名、金額は百五十匁ほどになったという。あるいは金子でなく「よし簀一把、破扇一柄、大ふくべ一壺、竹二尺四五寸」などという現物拠出もあって、人々の真情のほどがうかがわれるのだった。

庵のさまはまことに閑居というたたずまいで、素朴清貧である。台所にはへっつい二つ、柱にはふくべがかかっている。かなり大きいふくべで、二升四合ほども米が入り、芭蕉の経済的後援者であった杉山杉風やそのほかの人たちの志で、米がなくなれば補給されるのであった。勧化簿にも記載されたこの大ふくべは門人の石川北鯤からの寄附である。茶碗十個（草庵には門人たちの来訪も多い）菜刀一枚。貧寒の身辺に、しかし風流の和らぎがある。

この大ふくべを芭蕉は愛して、親友の山口素堂に銘を乞うている。素堂は芭蕉庵再建にも音頭を取った人だが、この求めにも欣んで応じて漢詩を贈った。

一瓢は黛山よりも重く　自ら笑つて箕山と称す
首陽の餓に慣ふことなかれ　這の中に飯顆山あり

芭蕉は「その句みな山をもつて送らるるがゆゑに、四山と呼ぶ」――米櫃がわりの大ふくべは、〈四山〉という銘をつけられて台所の柱に吊り下げられ、軒の芭蕉一株とともに、庵主・芭蕉の愛するところであった。その二つは芭蕉の〈貧を清く〉した。

　もの一つ瓢はかろきわが世かな

侘住居の風雅を愛しつつ、芭蕉はなおここに安住できない。米味噌、季節おりおりの食物、漬物のたぐい、酒、「貰うて喰ひ、乞うて喰ひ、やをら飢ゑも死なず」——人々は喜んで芭蕉に貢進するのであるが、芭蕉の心はいつも旅を夢みており、せっかく作られた庵も留守勝ちだった。そして遂に、今までより更に長い旅を思い立ったのである。帰れるかどうか分らぬみちのくの旅である。草庵は人に譲ろう。ただ、愛する軒端の芭蕉一もとのみは、人に渡したくない。垣の外に植え替え、霜の掩い、風の囲いを近所の人に頼もうと思う。

旅に出よう。片雲の風にさそわれて漂泊しよう。白河の関を越え、松島の月を眺めよう。道祖神に招かれたこの身を、とどめる者は誰もいない。

草庵を譲ったあと、旅立つまでを芭蕉は、杉山杉風の、深川六間堀の別宅に移るつもりである。今度この草庵に入る人は雛人形を飾る娘を持つとか。隠棲の庵も変れば変るもの。万物は流転し、月日は永遠の旅人である。来ては去り、去っては来る年も、みな旅人に同じ。

そういえば、舟に乗って一生を送る船頭、馬の口をとらえて老を迎える馬子、日々旅にいて旅をすみかとしているではないか。わが敬慕して措かぬ西行、宗祇、李白、杜甫、みな旅に死んだ。……

「月日は百代の過客にして、行きかふ年もまた旅人なり。舟の上に生涯を浮べ、馬の口とらへて老を迎ふる者は、日々旅にして旅を住みかとす。古人も多く旅に死せるあり。予もいづれの年よりか、片雲の風にさそはれて、漂泊の思ひやまず。海浜にさすらへ、去年の秋、江上の破屋に蜘蛛の古巣を払ひて、やや年も暮れ、春立てる霞の空に、白河の関越えんと、そぞろ神のものにつきて心を狂はせ、道祖神の招きにあひて取るもの手につかず。股引の破れをつづり、笠の緒つけかへて、三里に灸すうるより、松島の月まづ心にかかりて、住めるかたは人に譲り、杉風が別墅に移るに、

草の戸も住み替る代ぞ雛の家

表八句を庵の柱に掛けおく」

おお。杉風の別宅に移って、旅立ちを待つ日々、三里（膝頭の下の外側、灸のツボである）に灸をすえなければ。ここへ灸をすえると健脚になるといわれている。遠いみちのくまで、この脚をたよりに歩きつづけねばならぬ。持病持ちの身が堪えられるかどうか。気がかりはそれのみである。

無一物の身には、途中、物盗りにあう恐れもなく、いつまでにどこへ着かなければならぬという煩わしいきまりもない。旅の一日の願いはただ二つのみ。今宵よき宿を借らんこと、草鞋の、足によろしきを求めんことばかり。

そしてなお、行く先々で、風雅を解する人々とめぐりあえれば、どれほど嬉しいことであろう。

芭蕉の心は弾み、未知の国の人と風物への期待に、鋭いその眼にもひととき柔和な色が流れる……。

2

『奥の細道』の冒頭部分は、何という美しくも緊迫した文章だろう。

くする。

あまりにととのいすぎ、息苦しいまで隙がないのは、芭蕉が彫琢のかぎりを尽くしたからであろうか。推敲に推敲をかさねすぎると読むものを追いつめてしまい、寄り添いがたくする。

それをきわどいところで救っているのは、「草の戸も……」の句である。その緩急自在の口吻が、そのまま俳諧の連歌であろう。してみるとこの『奥の細道』一巻はそのまま、芭蕉が、古人や歌枕や古蹟を一座の連衆として巻いた連句であるのかもしれない。

ともあれ、冒頭の文章はりんりんと鳴るような気概があり、芭蕉はここで自分の漂泊こそ、即、人生であり、芸術であるというテーマを鮮明にしている。

こういう部分は、注釈や現代語訳なしで、原典を直接味わわなくては滋味を掬えない。

そのため私は、いささか小説風に、奥の細道の旅に出発しようとする芭蕉を、淡彩のスケッチで描いてみた。

実をいうと私は若いころ、芭蕉に親しみを持てなかった。〈俳聖〉という肩書にも反撥していた。あまりにもおびただしい芭蕉讃仰の書物に中毒られ、不動の評価に疑問を持ち、名句として示される句には感動の片端すら、おぼえなかった。

古池や蛙とびこむ水の音

枯枝に鳥のとまりたるや秋の暮

閑さや岩にしみいる蟬の声

——どこがよいのだろう？と、縁なき衆生の私は思っていた。それに、時として芭蕉の句には、悪ふざけとしか思えないような、おちょくった句がある、と若い私はバカにしていたのであった。

あら何ともなや昨日はすぎて河豚汁

夏の月御油より出でて赤坂や

この、どこが〈俳聖〉なのだろうと若い私は思った。
それよりはずっと蕪村が好きであった。

牡丹散って打ちかさなりぬ二三片

愁ひつゝ岡にのぼれば花いばら

月天心貧しき町を通りけり……

これらの詩情は若者にもよく理解され、舌にも快く耳にも甘く、心情的消化吸収がすみやかだったのである。

そのうち、いつか知らず、少しずつ私は芭蕉に興味を持ちはじめた。年を加えて味覚の嗜好が変るように、好きなものが変っていったのであろう。その点、芭蕉はやはり、大人のものなのだった。（といって蕪村が大人向きでないというのではなく、若者にも取りつきやすい貌をしているということなのだろう）

中年になった私が興味を持ったのは、まず、さすらってやまぬ芭蕉の生きかたである。（それに加え、一転三転と変貌してゆく芸術的熟成にも着目すべきであろうけれど、不敏な私には、その玄妙の味をきわめつくすまでには至らない）漂泊の芸術家は男性に限り、女性にはいないということも、思えば不思議である。

往古には『とはずがたり』のヒロインのように流浪漂泊する女人もいないではないけれど、女性はおおむね一所に沈澱し、男性は流動してやまない。芭蕉というのは、もっとも、男っぽい人だったのではないか？　と思ったりもした。しかし男っぽい一面、ゆたかな情愛にみちた人であったらしい。

芭蕉は生涯、独身、ということになっているが、ずっとのちに寿貞尼という女性の名が彼の手紙に現われ、この人は芭蕉と近縁の人であったらしく、最後は芭蕉の庵で死んでいる。彼女の子供、娘二人、息子一人は芭蕉の実子ではないけれど、芭蕉はこれらの面倒もよくかえりみている。元禄七年（一六九四）、上方にいた芭蕉のもとに、江戸の芭蕉庵（奥の細道の旅から帰って、再び門弟たちが建ててくれたもの）で病臥していた寿貞尼が死去したという知らせが入る。

芭蕉は留守宅の世話を任していた、これも縁辺の男にあてて、取るものも取りあえず、というていで、悲しみの筆を走らせる。

「寿貞無仕合せ者。まさ・おふう（寿貞尼の娘たち）同じく不仕合せ。とかく申し尽し難く候。……何事も何事も夢まぼろしの世界、一言理屈はこれ無く候……」

芭蕉は寿貞尼に一句、手向けている。

数ならぬ身となな思ひそ霊祭

この寿貞尼が、芭蕉の何にあたるかはまだ研究がすすんでいない。しかし私は、芭蕉の若い頃の妻ではなかったかと思う。芭蕉が故郷を出て、江戸へ下ったのは二十九の年であった。その頃まで無妻で通したかもしれないが、また娶っていなかったという証拠もない。芭蕉は妻と別れるか、あるいは捨てるかして江戸へ出たのではなかろうか。江戸で身を立てる道がみつかるのかどうか分らない、妻は足手まといであったろう。

寿貞尼は打ち捨てられて、のち再婚した。まさ・おふう、それに次郎兵衛という息子を儲けたが、夫に死なれでもしたのであろう、寄るべない身となったのを芭蕉は憐み、引き取ったものかと思われる。芭蕉が名を成してから、故郷の縁辺の者が絶えず江戸の彼のもとを頼ってやってきた。寒空に向って単衣かたびら一枚、ふとん一枚用意もない男を迎えて、芭蕉が当惑し切ったことも、書簡集ではうかがわれる。仕方がない、芭蕉は引きとるのである。故郷の、この間の消息を知る門人に、「四十あまりの江戸かせぎ、おぼつかなく候」と愚痴をこぼしている。

しかし芭蕉はあくまでやさしい。「拙者国に居り申す時より不便に存じ候ものにて候へば、今以て不便ともとかく申し難き事ども、まことにわりなき仕合せ（よんどころない次第）に候。先づ春まで手前に置き、草庵の粥などたかせ、江戸の勝手も見せ申すべく候」。

彼を頼ってくる故郷の者に芭蕉はかくもやさしく、それだけに寿貞尼のことは心の苛責になっていたろうから、ことさらに哀憐の思いが断ちがたかったのであろう。寿貞もまた、運命に流されてゆくままの、温順柔和な性質の女人であったのかもしれない。

「寿貞無仕合せ者」という芭蕉の手紙には自責に似た呻吟がある。江戸へ出た芭蕉は早くに髪を剃り、「僧に似て塵あり、俗に似て髪なし。われ僧にあらずといへども……」頭巾をかぶり、常に茶の紬の八徳（俳人・画工らがよく着た胴着である）を着、すでに世俗を離れた職業俳諧師であった。彼の偉才は、思いのほか早く、宗匠立机させ、点者の看板をかかげさせたけれども、更なる芸術的欲求に駆られて、世俗の成功に酔うことはできなかった。身辺にまつわる者の事も考えられなかった。

いま老いをようやくに迎え、自分の生きてきた人生をかえりみた時、芭蕉は捨てた寿貞や、しがない縁辺の無職男にもやさしい気持をよせずにはいられなんだのであろう。

もしも寿貞が、芭蕉の若き日、棄てられた妻であったとすれば、（一書には妾であったとする）寿貞はまさに芭蕉の芸術達成のための犠牲であったわけである。

芭蕉は自己の信ずる俳諧道建立に身心を抛ち、求道者のきびしさで生きた人ではあったけれど、そのために他者を犠牲にしてかえりみない、というのではなかった。憎んで別れたのではない寿貞のことを思うたび、芭蕉はつねに負い目に似た悔恨の味を舌先で味わっていたろう。

人間味のある芭蕉の手紙を読むと、彼の句や俳文とはまた違った芭蕉像が浮び出る。

彼の作品は、やわらかな美しさのうちに不逞な反俗が匂い、洗練されたみやびのうちに、硬骨の美意識が仄みえるといった風で、つねに身丈高く、凡俗が仰ぎ見るような、犯しがたいところがある。

しかし彼の私信をよむと、芭蕉も人の子、血も心も熱い人であったように思われ、ありていにいえば、私は彼の書簡集から、芭蕉が好きになり、彼に馴染みはじめたのであった。

もう少し彼の手紙について。

彼の手紙は、『芭蕉文集』（日本古典文学大系　岩波書店刊）と、同じく『芭蕉文集』（新潮日本古典集成　新潮社刊）に載せられているが（原文を読み下しにしてある新潮本が読みやすい）寿貞に寄せる愛（それは男女の情というより、もっと大きな人間愛とでもいうべき哀憐の念であったろう）のほかに、縁辺の者に寄せるなさけも、縷々、述べられている。

さきの、〈寒空に向って、単衣かたびら一枚で江戸へ自分を頼ってきた〉と芭蕉がこぼしている、四十の無職男は加兵衛というが、そのほか、縁者の一人に桃印という者もある。これは芭蕉の甥である。芭蕉が門人の森川許六（彦根蕉門の一人。彦根藩士）、また宮崎荊口（大垣蕉門の一人。大垣藩士）にあてた手紙によれば、桃印は元禄六年（一六九三）の春、芭蕉五十歳のときに、寿貞尼と同じく、芭蕉庵で死んでいる。三十三歳であった。この桃印のこともまだよくわからないのだが、ほんの少年のころ芭蕉に手を曳(ひ)かれて、故郷の伊賀から江戸へ出てきたとおぼしい。そうしてどこかへ奉公でもしていたのではなかろうか。桃印という号を持っていた以上、やはり俳諧の道を嗜(たしな)んでいたのかもしれない。

　ところが桃印は〈癆症(ろうしょう)〉（肺結核）を病み、多分、主家を出されたのであろう、芭蕉庵に引き取られて病臥する身となった。芭蕉の、この甥に対する愛憐(あいれん)はなみなみならぬものがある。危篤になった桃印をみとりながら芭蕉は許六に訴える。

「（桃印は）旧里を出でて十年あまり二十年に及び候て、老母に再び対面せず、五、六歳にて父に別れ候て、その後は拙者介抱(かいほう)にて（世話をしてやって）三十三になり候。この不(ふ)便(びん)、はかなき事ども、思ひ捨てがたく、胸を痛ましめ罷(まか)り在(あ)り候」

　許六はたまたま見事な花を贈ってきた。（なんの花かつまびらかにしないが桜か）

「見事の花、御意(ぎょい)にかけられ、病人にも花の名残（見おさめ）と存じ、見せ申し候あひだ、よろこび申し候」

　芭蕉は限りなく優しい。

　桃印は春のうちに死んだ。少年時代から苦労ばかりして、ついにいい目を見ることなく夭死(ようし)した甥に、芭蕉のそそぐ涙は熱い。彼は荊口への手紙でいう。

「拙者、当春、猶子(いうし)桃印と申す者、三十あまりまで苦労に致し候て病死致し、この病中神(しん)

魂を悩ませ、死後断腸の思ひやみがたく候て、精情くたびれ、花のさかり、春の行くへも夢のやうにて暮し、句も申し出でず候」

芭蕉は、実子を持たぬ人によくあるように、他人の子らに関心を持ち、よく顧みた。子供らの名もおぼえ、手紙にも無事かと問う。菅沼曲水（近江蕉門の一人。膳所藩の重臣）の息子・竹助という少年は殊に可愛がっていたらしく、

「竹助殿御沙汰、いづれの御状にも仰せ下されず候。御成人わるさ（腕白）日々につのり申すべくと存じ奉り候」

などと書いている。これほども情厚い芭蕉は、薄幸な甥の死に、どれほど「断腸」の思いをしたことであろう。

もう一人、これも芭蕉とゆかりある者らしい桃隣という者がいる。桃隣も故郷から芭蕉に随いて江戸へ出て来た。（芭蕉が故郷へ帰るたび、一族縁辺たち、身のふりかたに困る者、立身に望みのある者、狭い田舎社会で鬱屈している者たちは、たぶん、それぞれ、芭蕉を頼って出郷したいと夢み、また懇望したのであろう。そして心やさしい芭蕉は、そのたのみを無下に振り切れなんだのであろう）

この桃隣は些の才気に恵まれていたらしく、職業俳諧師になることを目標にしたらしい。といっても、彼の撰んだのは芭蕉のような孤高の芸術家への道ではなく、いわゆる〈点

者〉、俳諧好きたちに点を入れる宗匠になることであった。

芭蕉の最も忌避したのは名聞や営利をもっぱらとする点者で、当時は、そういう点者が江戸俳壇に跳梁し、俳諧は点取ゲームともいうべき遊戯気分に汚染されていた。芭蕉が延宝八年に江戸市中を去って深川村へ隠栖したのも、その風潮を厭うて、自己の芸術に沈潜するためであった。

点取俳諧とは何か。

いったい、俳諧宗匠として立机して看板を掲げる者は、何を生活の資とするかというと、門下に集る俳諧ファンの謝礼である。今栄蔵氏の「芭蕉の生涯」(『奥の細道』所載　学習研究社刊)によれば「俳諧愛好者がもちこんでくる連句の巻に点を掛ける際の点料と、彼らが催す連句会に出座して連句の運びを指導する出座料とで生活をまかなうもの」だったという。点料は百句連ねる百韻連句なら一巻につき三百文(一文は約十五円)、三十六句の歌仙なら百文、出座料は一回千文の定めだったという。顧客の多いほど点者はうるおうから愛想よく如才ない点者のもとに人は集ったろうし、迎合のため、点に手加減する点者もいたろう。〈座敷乞食〉と呼ばれる点者も出る始末である。俳諧愛好者のほうでも、点の多寡に金品を賭けたりするようになり、幕府もその賭博性を忌んで禁令を出したりするまでになった。禁を犯して閉門になった点者の話も、芭蕉の手紙に出てくる。

芭蕉はさきの曲水にあてた手紙に、俳諧に携わる者のありさまを三つに分けて論じている。

その最下位は点取に狂奔し、勝負を争う、これは「風雅のうろたへ者」。点者としての道を見失った者ではあるけれど、一応自活し、妻子を養い、家賃も滞らせず、「店主の金箱を賑はし候へば」、悪事を働くよりはましだろうと、痛烈に皮肉っている。

中の部は金持連中が楽しみに弄ぶ俳諧。悪所で遊蕩するとか、賭博にふけるとか、人の陰口を叩くとかいうのは人目にも立ち、さしさわりあるが、それよりまだしも俳諧を楽しむほうが、世間の聞きもいいだろうと思うような手合である。この連中は全くのゲームとして俳諧を楽しむので、連句を巻いて点をつけてもらい、その多寡で勝負をつけて喜ぶ。子供の遊びに異ならない。

しかしこれとても、料理・酒を用意して、貧乏な俳諧仲間をもてなし、点者をうるおすというもの、低次元ながら俳諧興隆の一助ともなり、全くの没趣味ともいえぬ、一抹の風流心にも通底するから許せもしようという。

芭蕉は苦笑しつつ、皮肉をいっている。もっともその口吻は和げてはいるものの、内心、この二者は、芭蕉の断乎、唾棄すべきところであるにちがいない。

そうしてこれらと一線を劃する俳諧者のあるべき姿とは、ひたすら精進してよき句をよむことに専念するもの、俳諧を以て生活の資とせぬもの、道をきわめてそれによって悟入にまで達せんとするもの。

そう考えている芭蕉にとって、縁者の桃隣の生き方は心もとなかったであろう。しかしすべての人が、第三の生き方、すなわち芭蕉自身のような峻烈な人生を撰べるものでは無論、ない。炯眼の芭蕉は人の資質を洞察するのに明敏であったろうから、どうにかして桃隣の身の立つようにしてやろうと心を砕く。幸い、多少の才もあることゆえ、相応にそれを活かして身すぎすれば、とまで柔軟に考えていたようである。

京の向井去来（京都蕉門の重鎮）あての、芭蕉の手紙には、

「この方（江戸）俳諧の体、屋敷町・裏屋・背戸屋・辻番・寺かたまで、点取はやり候。もっとも点者どものためには、よろこびにて御座有るべく候へども、さてさて浅ましく成り下がり候……。（中略）（桃隣が）是非もなき汚泥の中に落ち入りて、名利の点者となり果て候はんも不便ながら、先づ我ら召しつれ候者とて、其角（宝井其角。江戸蕉門の古参）など連衆残らず取り持ち、目をかけ候て、跡に残し候ほどには仕寄せ候へば（あとに残してもどうにかなるように、はからっておいてやったので）、愚眼よりは（私から見れば）不便に存じ候へども、ぬしは（桃隣本人は）本懐の体によろこぶ気色にて御座候」

芭蕉は桃隣のために宗匠の名乗りをあげたお披露目として撰集を刊行してやる。桃隣も芭蕉が病気すればかいがいしく看護し、家事をとりまわし、心遣いいたらぬくまなく、情あつかった。また、それなればこそ芭蕉も目をかけてやったのであろう。寿貞尼、桃印、桃隣、みな、ねんごろにやさしい人柄の人々ではなかったかと思われる。寿貞、桃印らが永眠後、芭蕉に〈断腸の思い〉といわせたのは、血筋やゆかりある人々だったからだけではあるまい。きっと、なつかしい人柄の人々だったからであろう。そのよさを愛した芭蕉もまた、人間の〈よきもの〉をゆたかに秘めていたに違いない。

芭蕉は元禄七年（一六九四）五十一歳のとき、旅先の大坂で病を得、死期を悟って遺書をしたためた。故郷の兄に残したものだけが彼の真簡で、あとは門弟・支考に口述筆記させた。

その手紙は明晰であるが哀切で、私は何度読んでも涙が出てくる。江戸の留守宅の芭蕉庵を守る猪兵衛（岩波本では伊兵衛。杉風の店の手代をしていたらしく、芭蕉の縁辺の者のようである）にあてて、

「当年は寿貞ことにつき、いろいろ御骨折り、面談にて御礼と存じ候ところ、是非なきことに候。残り候二人の者ども（寿貞の娘まさ・おふう）途方を失ひうろたへ申すべく候。好斎老（近所の信頼すべき年輩者であろうか）など御相談なされ、しかるべく料簡あるべく

候。

好斎老、よろづ御懇切。生前死後、忘れ難く候」

「杉風へ申し候。ひさびさ（長い間の）厚志、死後まで忘れ難く存じ候。不慮なる所にて相果て、御いとまごひ致さざる段、互に存念、是非なきことに存じ候。いよいよ俳諧御つとめ候て、老後の御楽しみになさるべく候」

「甚五兵衛殿（中川濁子。大垣蕉門の一人）へ申し候。ながなが御厚情にあづかり、死後までも忘れ難く存じ候……」

「栄順尼、禅可坊（ともに江戸深川の人、寿貞尼の世話をした人らか）情深き御人々、面上に御礼申さず、残念のことに存じ候」

「桃隣へ申し候。再会かなはず、力落さるべく候。いよいよ杉風、子珊、八草子（みな江戸蕉門の人々）よろづ御投げかけ、（万事たよりにして）ともかくも一日暮しと存ずべく候（一日一日を心して暮しなさい）」

芭蕉は口述し終ったのち、力をつくして筆をとり、支考への謝辞をみずからしたためる。

「支考、このたび前後の働き驚き、深切まことを尽され候……」

芭蕉はその上、かねて気にかかっていたことを、支考に命じて書きつけさせた。

『炭俵』（元禄七年六月刊）の中に、羽州（出羽の国）の岸本公羽の句が二句、芭蕉の句として出ている。これは公羽と翁の字が紛れたのであろう。「杉風よりきっと御ことわりたまはるべく候」——杉風から必らず事情を説明して訂正させてほしい。

創作者として最後まで、芸術に厳正で真摯な態度である。（岸本公羽は芭蕉が奥の細道の旅をしたとき鶴岡で会い、入門した武士だった）

この世でめぐりあった、人々の親切や好意を謝し、「死後まで忘れ難く存じ候」とくり返し、桃隣の行末を案じ、兄への直筆には、

「お先きに立ち候段、残念に思し召さるべく候」

と思いやりを示しながら、

「ここに至りて、申し上ぐること御座無く候」

と静かに死期を迎えている。

生々流転のこの世と人生を見つくした芭蕉には、死もまた、象を変えた生であることを思い、つねづね、背に貼りついた死を意識して生きていたのであろう。しかしそこには悟りすました臭味はなく、この世で人々から受けたやさしみをくり返し謝すのである。

いい男だなあ、芭蕉は——。

というのが私の感慨である。

わけのわからぬ句を詠み散らし、気むずかしい爺さんにみえた芭蕉が、私には次第に

〈いい男〉に見え、芭蕉が多くの門弟たちに（その内には何人かの女弟子も含まれる。夫婦・親子・兄弟で門弟という人々もいた）慕われるのも無理はないと思えてくる。俳諧(はいかい)ひとすじの俳諧馬鹿というのではなく、人生や人間を深く凝視して、それが芭蕉の〈やさしさ〉の厚みになったように思われる。彼の書簡集を読んで、芭蕉に親昵(しんじつ)しはじめた、と私のいう所以(ゆえん)である。

死に近き芭蕉の脳裡(のうり)に顕(た)つのは、彼の畢生(ひっせい)の作、『奥の細道』を書かせた、かの山河であったろうか。

さあ、それでは私も、奥の細道へ旅立とう。

おくればせながら、私も、ようやくに、〈芭蕉恋い〉の一人となった。彼の歩いた道のそこここをたどりつつ、芭蕉を〈発見〉してゆきたいと思う。

3

旅立ちの文章は、さきの「草の戸」の句のあと、まだ続き、これがまた美しい。旅立ちは陰暦三月二十七日、現今の陽暦にすると五月十六日、現代感覚でいうと初夏である。深川の芭蕉庵は景勝の地というのは前にのべた。富士が見え、花どきには、上野(うえの)・谷中(やなか)

の桜も望まれたという。いま桜はすでに散っているが、芭蕉出立の朝、富士は仄かにみえた。

「弥生も末の七日、あけぼのの空朧々として、月は有明にて光をさまれるものから、富士の峰かすかに見えて、上野・谷中の花のこずゑ、またいつかはと心ぼそし。むつまじきかぎりは宵よりつどひて、舟に乗りて送る。千住といふところにて舟をあがれば、前途三千里の思ひ胸にふさがりて、幻のちまたに離別の泪をそそぐ。

行く春や鳥啼き魚の目は泪

これを矢立のはじめとして、行く道なほ進まず。人々は途中に立ちならびて、うしろかげの見ゆるまではと見送るなるべし」

上方者の私には、深川も上野・谷中も千住も、物の本で知ったイメージしかない。更にいえば、東北地方は全く上方者にとっては不案内で、私もこの年まで足を踏み入れたことがない。それゆえ、あこがれは強い。

王朝びとたちも、奥羽を〈あらえびす〉の国と貶しめながら、その半面、あこがれつづけてきた。歌枕の地は北に多く、山陽道や西海道（九州）にほとんどないのも面白い。

東北は都びとにとって畏敬すべき異郷であった。それにずいぶん遠かった！

清少納言の『枕草子』にも、「はるかなるもの」のくだりに、生まれたばかりの乳呑み子が成人するまで、などというのに並べて、

「陸奥国へいく人、逢坂越ゆるほど」

というのをあげている。京を出てまず逢坂の関、そこからは前途遼遠である。

江戸からみちのくへはずっと近くなってはいるものの、「前途三千里の思ひ胸にふさがりて」と芭蕉が書いたのも、意識的にはそうもあったろう。私もまた、これから東北へいくのが、「はるかなるもの」という感じがするが、現代の旅は空の便もあり、かつ地域ごとに区切って、折を見て出かけられるので簡便である。

まず芭蕉の旅立ったところから探ろうと、深川の地を訪れることにする。上京しても用事がすめばそそくさと帰阪してしまう私は、隅田川をゆっくり眺めたことさえなかった。

深川へ往き帰りして、はじめてしみじみ隅田川を眺め、ゆたかでひろびろした川のすがたに感動した。江戸を育て、江戸文化の淵叢となった江戸の母なる川は、対岸が霞むほど洋々と流れ、いくつかの橋を経て勝鬨橋をくぐればもう海である。私の行ったのは二月の

末の、冷い小雨の降る日だが、川岸にビルが林立し、かなりの船が行き交うて、川はいまもいきいきと機能しているらしかった。

もっとも芭蕉が隠棲したころは淋しい川岸であったろう。「寒夜の辞」に、彼はこう書いている。

「深川三股のほとりに草庵を侘びて、遠くは士峰（富士）の雪を望み、近くは万里の船を浮ぶ。（中略）

艪の声波を打って腸凍る夜や涙」

――この時期、芭蕉は漢詩風な句に凝っていたので、庵も泊船堂と名づけたりして唐土の詩人気取りでいる。

芭蕉のいた芭蕉庵のあと、といわれるところは、いま芭蕉稲荷神社が構えられており、ごく小さい祠の向って右に、〈芭蕉庵跡〉の石碑がある。（江東区常盤一丁目）万年橋に近い。澱んだ小名木川が隅田川にそそぐところで、Y字形になり、それで〈三股〉とよばれていた地点である。小家がむらがりひしめくその中に芭蕉稲荷はあり、前は隅田川だが堤防に遮られて見えず、ごたごたした周辺である。

小名木川には小舟があまた舫ってあり、冷雨のもと、青いビニールをかぶせられていた。芭蕉がここから船に乗り隅田川をさかのぼって千住で下りた、というのが実感としてわかった。

芭蕉が旅立ち前に移った杉風の別宅は採茶庵というが、いまは往来に面した生垣の中に、〈採茶庵跡〉の小さい石碑があるばかり。（仙台堀川にかかる海辺橋の北詰、江東区深川一丁目）

死に臨んだ芭蕉に、「ひさびさ厚志、死後まで忘れ難く存じ候」といわしめた杉山杉風は、鯉屋という幕府御用達の魚問屋で、芭蕉のパトロンだったが、単に富商というだけでなく、芭蕉の信頼を得るだけの文学的見識をそなえた、一個の文学者だった。

この深川という一帯は芭蕉の句碑も多く、ことに江東区芭蕉記念館はその集大成という感じである。「草の戸も住み替る代ぞひなの家」「ふる池や蛙飛こむ水の音」「川上とこの川下や月の友」など。

ここの展示資料には、芭蕉が延宝四年ごろから深川へ行く八年ごろまで、アルバイトに神田上水工事の書記役をしていたというものがある。「名利の点者」を厭う芭蕉としては、生計の道をほかに求めなくては生きられない。芭蕉も門弟たちの句を添削批評はしているが、点をつけて謝礼を貰う、というのが、どうにもいやな、潔癖なところがあったらしい。

十九歳のとき、伊賀上野、藤堂藩の侍大将、藤堂新七郎の嗣子・良忠に仕えたというが、もともと父は地侍で、侍とはいうものの、ほとんど農民であったようだ。しかし、芭蕉の背骨は、かなり、さむらい気質というべく、反俗の骨っぷしが強いようである。

句碑や資料を「一見し」(芭蕉の教養には謡曲の要素に負うところも大きいので、この謡曲用語を『奥の細道』でも頻用している)ぶらぶらと深川を歩く。

ここ深川というまちは庶民的な匂いがあって江戸の旧蹟も多く面白い。吉良邸も近いので赤穂浪士の引上道でもあり、ゆくりなく大鵬部屋の前を通りかかるやら、松平定信、間宮林蔵の墓のありかを知るやら……私は氷雨にくしゃみをしながら、(お江戸だなあ)と思いつつ歩く。名所旧蹟がみな、江戸開府以来のものなので、近世の物なつかしさがある。京・大和は、歩くと歴史が深すぎ、茫漠としてもどかしい。

ところで深川での私のおすすめは二つ。その一つは江東区深川江戸資料館。(江東区白河一丁目)――これは一見の価値があった。この資料館は、天保の終りごろ(一八四二―四三)――というから、芭蕉の時代から百五十年もあとの、(それゆえ、芭蕉に関係はないようなものの)当時の深川の町を、現寸大で再現してある。地下一階から地上二階にかけた吹抜け大空間に、〈深川佐賀町下之橋の橋際〉一劃がそのまま現出する。火の見やぐらのそばの掘割には猪牙舟が浮び、船宿が並び、長屋が続く。舂米屋の土蔵が白くそびえ、表通りには八百屋や大店の油屋が軒を並べる。裏長屋の路地を入れば間口九尺、小ぢんまりしたワンルームに、行灯や茶箪笥、仏壇が配置されて住みやすげである。

江戸の棟割長屋、という生活空間、情景・雰囲気を如実に見ることができる。ユニークで斬新な展示施設である。芭蕉も、旅から帰って住むべきところがないときは、しばし棟割長屋の一軒を借りていたとおぼしいので、この資料館はまことに楽しめるものだった。長屋の井戸、共用の後架、片足をあげて小便する犬や、板塀に這う蝸牛、ディテールまで凝っていて、一日見ていても飽きぬ〈江戸の町〉である。

いま一つは、芭蕉記念館にほど遠からぬ、深川名物の深川めし屋〈みやこ〉。

深川はその昔、江戸前の浅蜊がふんだんにとれたので、漁師たちはその浅蜊の剝き身を、葱や油揚といっしょに味噌でさっと煮て、炊きたてのどんぶり飯に〈汁ごとぶっかけて〉食べたという。聞くだけでもおいしそうである。

いま海の汚染で東京湾の浅蜊はとれなくなったが、〈みやこ〉では〈深川めし〉が食べられる。わっぱに盛って吸物、お新香、などで八百円、潮の香がして、鄙びたうちにも雅致愛すべく、江戸の下町らしい気安さ、あたたかい酒一合で深川めしをたべて、氷雨に冷えた体があったたまった。芭蕉は『奥の細道』では殊更、食事にふれていないけれども、手紙には、朝御飯は夏大根の人参汁（大根と一塩の鯛の切身を入れた味噌汁）だった、とか、夏葱の酢味噌あえ、躑躅の花のお浸しがなつかしい、とか書いており、句にも、芹の飯、「我がためか鶴食み残す芹の飯」、黄粉をまぶしたお握り、「似合はしや豆の粉飯に桜狩り」などと出てくるので、風流なたべものには興をそそられたかもしれない。浅蜊のぶっかけめしは文人好みでないかもしれぬが、しかしそこは融通無礙なるユーモラスな俳諧師のこと、(元来、芭蕉は貞門や談林派の自由奔放な駄洒落や滑稽一派の出自であることを思い出してほしい)安直で旨い深川めしを好んだかもしれない。この店で乞われて私の書いた腰折。旅立ちの芭蕉翁にささげまゐらせん　深川めしの味のよろしさ。

千住大橋はおびただしいトラックや乗用車がひっきりなしにゆきかう。ここの橋詰に足立区立大橋公園があり、ここに〈矢立初の碑〉がある。深川を舟で、日の出とともに出発した芭蕉は、午前十一時頃、千住に上陸した。このあたりの河岸には古くから船着場があり、日光・奥州・水戸への宿駅である。

見送りにきた人々は、ここから徒歩で一路奥州を目ざす芭蕉を、「うしろかげの見ゆるまでは」と見送ったのであろう。

公園の周囲は民家が並び、白いパイプの殺風景な千住大橋や公衆便所とともに、何の風情もない一劃である。ただ芭蕉の上陸したといわれるあたりに、今も古い橋戸稲荷があり、小ぢんまりしたたたずまいは、いかにも江戸のお稲荷さんという感じで、ちょっといい。

ここから遠くない素盞雄神社に、文政三年（一八二〇）建立の芭蕉句碑がある。戦火でところどころ碑面が剝げているが、江戸風のくにゃくにゃした字で、『奥の細道』の千住出立、行く春やの句まで彫られてある。

下部に芭蕉の坐像があり、頭巾をいただいて数珠を手にした顔は、中々いい（私はこの先、数限りない芭蕉像に出あうことになるが、この線刻の芭蕉は佳きものである）。画は巣兆、書は亀田鵬斎。「行く春や鳥啼き魚の目は泪」という句は、離別の句としては、もっとも美しいものの一つ。

滑稽俳諧（いまでいえばギャグというのか）に何十年もうき身をやつしてきた芭蕉が、ようやく深い美しい鉱脈を掘りあて、それはいよいよ珠に磨かれようとする。「あら何ともなや昨日はすぎて河豚汁」などという句から、「行く春や鳥啼き魚の目は泪」と、芭蕉はうつくしい変貌を遂げている。

白河の関こえて

1

芭蕉は門弟の曾良を従えている。通称河合惣五郎といい、芭蕉庵近くに住んで炊事の手助けをしてくれ、「交金を断つ」と芭蕉にいわせたほど信頼された門人であった。この曾良は筆まめに随行日記をつけており、それが昭和十八年に世に出た。『奥の細道』と日時や天候の点で相違する点もあるが、『奥の細道』は創作だから当然、虚構もある。真実のための虚であろう。ここでは大体のところを『奥の細道』に拠ることにする。

芭蕉たちは草加を経て室の八島（栃木市惣社町の大神神社）に参詣する。煙にちなむ歌枕の地であるが、昔は社前の池に小島が点在し、水気の烟が立ったのを賞でたようだ。芭蕉の頃にはすでに池に水はなく煙も立っていなかったらしい。歌枕として魅力がなかったのか、芭蕉は格別の感興をしるさず、曾良の、この社のいわれを語ったことだけ、しるしている。木花咲耶姫の神を祭り、姫が戸のない塗りごめの室に入って誓いを立てて火を放たれたとき、彦火々出見尊が生まれられた、という。曾良のはなしは、前段出発の緊張をほぐしてのんびりさせ、また、字づらからも、「木の花さくや姫」という字が美しい。

私がここを訪れたのは秋で、閑静な境内に大銀杏が夕日に黄金色に照り映え、下野の野中の社は神さびていた。境内にはなるほど石橋でつながれた小社が点在するが、水は涸れている。

歌枕は現実に見ると淋しくなるほど興ざめもするものであるけれど、奥羽の歌枕に欠かせぬ歌人、藤原実方の歌だけ、あげておこう。

いかでかは思ひありとも知らすべき
　室の八島の煙ならでは

実方は王朝の歌人で伊達男で、いろんな女たち（清少納言もその中に入る）と浮名を流したが、陸奥守に左遷されて下り、そこで死んだ。芭蕉は実方に心を惹かれていたふしがある。

下野はまた、僧道鏡が失脚後流されて死んだ土地でもある。秋の夕日が野中の果てに輝いているさまはなかなか美しいが、奈良の都で一代の権勢を振るった道鏡には、配流の紅葉黄葉もどのように映ったであろうか。私は道鏡が嫌いではないのでそのあとを訪れたかったが、時間がなくて叶わなかった。芭蕉はここでは「糸遊に結びつきたるけぶりかな」という句を詠んでいるが、本文には記していない。

ここから日光はすぐである。

「三十日、日光山の麓に泊る。あるじの言ひけるやう、『わが名を仏五左衛門といふ。よろづ正直を旨とするゆゑに、人かくは申しはべるまま、一夜の草の枕も、うちとけて休みたまへ』と言ふ。いかなる仏の濁世塵土に示現して、かかる桑門の乞食巡礼ごときの人を助けたまふにやと、あるじのなす事に心をとどめて見るに、ただ無知無分別にして、正直偏固の者なり。剛毅朴訥の仁に近きたぐひ、気稟の清質、最も尊ぶべし」

芭蕉は旅の途中、一期一会というべく出会った人々を、一筆がきに簡潔にメモするが、はじめに出てくるのがこの仏五左衛門である。真実、こんな宿の亭主がいたのかどうか、少くとも芭蕉は人間の評価を、『論語』にいう、「剛毅木訥、仁に近し」——意志強く、飾り気のない人間は、人間としての最高の資質に近い——というのに、おいていたらしい。

「無知無分別」は嗤っているのではなく、愚直の崇高な清らかさに打たれたということであろう。

「いかなる仏の濁世塵土に示現して」はユーモアの匂う口吻であるが、しかし、わが名をみずから仏と呼ぶ野暮ったさに、ちょっぴりからかいたくなる気持もあるらしい。とはいうものの旅人にとって、〝正直一点張りを旨とする私ゆえ、一夜の宿もゆっくり安心してお休みなされよ〟という無骨の野人は愛すべき存在である。もっとも「いかなる仏の……」という語句は謡曲仕立で、ここでは芭蕉は諸国一見のワキ僧になっている。『奥の細道』は古典や漢詩文からの引用が各所にあふれていて、いちいち評釈するとひどく厄介なので、ただその字づらとリズムの美しさを楽しんでいこう。

さて、私も日光の東照宮に詣ったが、いやもうそのけばけばしく煩瑣な過剰装飾、ちょうど東南アジアのお寺のようである。空間恐怖症とでもいうべく、さまざまの色で塗り立てられ、少しの隙間もびっしりと精巧な細工で埋められていて、見ていると気も狂わんばかりである。しかもお寺でもなし神社でもなし、というわけのわからぬたたずまいで、今までの発想にない怪獣が軒高く掲げられていたりし、それが極彩色と金ぴかで塗り立てられているのだから、何とも異様な圧迫感である。もちろんこれは徳川家康を祀るものだから、東照権現、家康は神格化され、江戸人にとっては鑽仰すべき神威であるけれども、私から見る日光東照宮はつねにグロテスクである。

芭蕉はここも謡曲風に、きらびやかな詞句で乗り切ろうとする。内心、（えらく成金趣味のたてものじゃないか）と思ったかもしれないが、また当代の人としてみれば、素直に神威にひれ伏したかもしれない。しかし空虚できらびやかな言葉の羅列は、現物によく照応する。

「卯月朔日、御山に詣拝す。往昔、この御山を『二荒山』と書きしを、空海大師開基の時、『日光』と改めたまふ。千歳未来を悟りたまふにや、今この御光一天にかかやきて、恩沢八荒にあふれ、四民安堵の住みか穏やかなり。なほ、はばかり多くて、筆をさし置きぬ。

あらたふと青葉若葉の日の光」

ついでにいうと、東照宮の階段の段間は実に高く、これは昔の武士向きで、庶民は陽明門をくぐれなかったらしい。

「あらたふと青葉若葉の日の光」の句碑が山内にあり、小杉放庵の筆、日光の安良沢小学校の校庭にはやはり放庵の書で、「しばらくは滝にこもるや夏の初」の句碑がある。放庵は、神韻縹渺としたたのしい「おくのほそ道」の画冊を物した人で、筆跡も味わいがある。

秋も終りの頃で、日光の空は青く、紅葉はもう散っていた。しかし芭蕉の旅は初夏の頃、

「黒髪山は、霞かかりて、雪いまだ白し。

剃り捨てて黒髪山に衣更　曾良

曾良は河合氏にして、惣五郎といへり。芭蕉の下葉に軒を並べて、予が薪水の労を助く。このたび、松島・象潟のながめ共にせんことをよろこび、且つは羈旅の難をいたはらんと、旅立つあかつき髪を剃りて墨染にさまをかへ、惣五を改めて宗悟とす。よって黒髪山の句あり。『衣更』の二字、力ありてきこゆ」

黒髪山は男体山である。青空に雪をかぶっていた。その前夜泊った中禅寺湖もいろは坂も、雪だった。山頂は早い冬であった。

芭蕉は日光まで来て同行者の曾良を紹介しているが、私も実は単身の奥の細道行脚では

なく、同行四人である。カメラマン氏、編集者嬢、荷物持ちの、〈勧進帳〉のお芝居でいえば義経のような強力嬢、（もっともこの人の費用は私持ちである、念のため）何だか珍妙な奥の細道道中である。誰も初道中の旅なので、編集者嬢（仮に妖子とする）のコースプランからお膳立はたいへんな苦労、かなりハードな旅なので、強力嬢もひいひいといい、（彼女は仮にひい子とする。芭蕉にも「びいと啼く尻声悲し夜の鹿」という句がある）カメラマン氏（長軀頑健、鼻下に美髭をたくわえ、仕事熱心な好青年である。カメラマンだから仮に亀さんと呼ぶ）も、タクシーで移動の折はよく眠っていた。私も無論、眠ってしまう。何しろ、朝早く宿を出て、夜、日が暮れ、いかに何でももう写真がとれないという、ぎりぎりのところでやっと宿へ入るのであるから。

　しかし妖子一人は眠らず、

〈あっ、そこの角を入って下さいっ。小さい祠があるはずですっ〉

　とか、

〈通りすぎましたねっ。今の、今の道ですっ〉

　とか叫ぶ。なぜか妖子の語尾はいつも〈っ〉がつく語感である。慧敏で明晰な彼女は、もたもたした周囲を見ると思わず知らず〈っ〉がつくのかもしれない。まことに有能な編集者であるが本人は謙遜して、

〈いえ、無能無芸にしてただこの一筋につながるですっ〉

謙遜する時もこの人は〈っ〉がつく。

東武（とうぶ）日光駅の駅前はよく晴れて朗々たる大気、雪を頂いた男体山を背に土産物屋が軒を並べ、二階では食事ができるらしい。駅からは電車が着くたびに観光客がどっと溢（あふ）れ出る。観光シーズンの最後の好季節なのであろう。

二階の食堂へ上ると、日光は湯葉（ゆば）が名物とのことで、湯葉の刺身、煮つけ、田楽などの、遅い昼食を摂（と）った。亀さんは無論、湯葉などという、豆腐のお化けのような、室（むろ）の八島（やしま）の煙のようなものでは、その体格が保（も）たない。この人はどこへいっても、メニューには一応目を通すのだが、結局は判で押したように、

〈トンカツ定食〉

という。店の若い女の子が、それを聞くなり、——これは怒っていうのではなく、衷心から親切で助言しているのであるが、

〈うちは湯葉が美味（おい）しいんですよっ、肉は責任持てませんよっ、肉は肉屋が持ってくるんですからねっ〉

亀さんは、責任持てなくてもよいから、トンカツを食いたいと固執した。女の子はそれで納得して向うへいき、私は感じ入った。上方にはあんなハキハキした激越な子はいない。

〈肉は肉屋が持ってくるって、いえてますねっ。けど、語尾に『っ』のつく勢いでしたねっ〉

　と妖子がいい、妖子がそんなことをいえたものではなかろうと思うが、自分のことは自分で分らぬものらしい。

　日光ではほかに裏見の滝、（芭蕉が「しばらくは滝に籠るや夏の初め」とよんでいる）曾良が書きとめているがんまんが淵にも廻ったが、ここでは下鉢石町の高野忠治氏邸内で見た「あらたふと木の下闇も日の光」の句碑が印象的だった。芭蕉ははじめそう作り、その真蹟を高野氏の先々代当主が伝えられ、碑に彫られたのだった。木の下闇と青葉若葉では正反対に違うが、「日の光」を活かしているのは同じ。しかし文中には「青葉若葉」のほうがつぎにくる衣更にもふさわしく、すわりがよい。芭蕉は推敲を重ねたらしい。

　芭蕉らはいよいよ那須野にかかる。

「那須の黒羽といふ所に知る人あれば、これより野越にかかりて直道を行かんとす。はるかに一村を見かけて行くに、雨降り、日暮るる。農夫の家に一夜を借りて、明くれば、また野中を行く。そこに野飼の馬あり。草刈る男に嘆きよれば、野夫といへども、さすがに情しらぬにはあらず、『いかがすべきや。されども、この野は縦横にわかれて、うひうひしき旅人の道ふみたがへん、あやしうはべれば、この馬のとどまる所にて馬を返したまへ』と、貸しはべりぬ。小さき者二人、馬のあと慕ひて走る。一人は小姫にて、名を『かさね』と言ふ。聞きなれぬ名のやさしかりければ、

かさねとは八重撫子の名なるべし　曾良

やがて人里に至れば、あたひを鞍壺に結び付けて、馬を返しぬ」

一抹、花やいだ彩どりのある、なかなか楽しい個所、草深い野の中にひっそり咲く撫子の花をおもかげにして、明るく転調する部分である。

私が那須野を辿ったのは四月二十日である。東北新幹線〈あおば〉で那須塩原駅に着いたのは午後二時三十四分、歌枕にいう「那須の篠原」はひろびろと拡がって空は快晴、目路の限りの平野だった。

王朝の世に、京から下ってきた男たちは、〈なんと広い野だろう〉と瞠目したに違いない。雑木林や草野を綴り、野は果しなく地平へつづき、遠くに八溝山地の山脈が望まれる。そのかみの東国男たちは、こういう曠野を馬にまかせて疾駆したのだ。雨・風に頬を打た

せ、霰や吹雪に全身を濡らしながら、あるときは雄たけびあげて戦い、あるときは獲物を追ったに違いない。源実朝の歌に、「もののふの矢並つくろふ籠手の上に霰たばしる那須の篠原」という、さわやかな歌がある。

ついでに思い出したことを書くと、これは芭蕉にも那須野にも関係ないのだけれど、『今昔物語』巻二十八に、「東の人、花山院の御門を通ること」というのがある。今は昔、東国の人が知らずに（王朝の都びとは自分たちだけが文化人で、関東以北は後進人だと思っている）花山院の御所の前を乗り打ちした。馬に乗ったまま通過しようとしたのである。都の事情に疎い東びとなれば無理からぬことなのだが、これを見た院の御所の者たちは、無礼なやつだとばかり走って出て、馬の口綱を取り鐙を抑え、弓を取り上げ、有無をいわせず門内へ引っぱりこむ。花山院が御簾の内からこの男をご覧になると、まことに堂々たる好漢であった。馬に乗ったまま連れてこられたので、人二人が馬の轡の左右にとりつき、もう二人が左右の鐙を抑えているが、馬上の男は年三十あまり、鬚黒く鬢の毛筋も清らかに、綾藺笠の下から見える顔はやや面長でととのい、色白く、肝魂の据わっていそうな、しっかりした表情。紺の水干に白い帷を着て、鹿の夏毛の行縢をはいていたという。太刀を佩き、矢を入れた胡簶を負い、というからあっぱれの武者ぶり。とりわけ目を引くのは男の乗った鹿毛の馬。かなり大きい駿馬で左右の口綱をとられて盛んにいななき、はね上がる。逸物である。

院は感心されて、鐙や口綱を取った者を放させられると、男は手綱を取って意のままに馬をあつかう。馬はたちまちおとなしくなる。院は、「いみじく乗りたり、と反す反す感ぜさせ給ひて」弓を返してやれ、と仰せられると、男は弓を脇に挟んでなおも美事に馬を乗り廻し、見る人はやんやの喝采で、門の外からも黒山のように人が集った。

庭をめぐった男は門まで来るとやにわに外へ躍り出る、どーっと人垣が崩れた中を、男と馬は「洞院下りに飛ぶが如くにして、逃げて去りぬ」院の下人たちはあわてて追ったが「遂に行きけむ方を知らずして失せにけり」院は、たいしたやつだったな、と仰せられ、お怒りもなく感嘆されたというが、その東国男は馬を飛ばしながら、

〈えーっ、うるせえな、都は。おれが何をしたってんだ〉

と思っていたに違いない。目路のつづく限りの曠野を奔放に駆けまわっていた身には、貴人の門前を乗り打ちしたと咎め立てするような心の狭い都はもうこりごりだ、と思ったであろう。馬も、うなずいていたに違いない。

――つまり、そういう昔話を思い出させられるような、広漠たる野なんである。

芭蕉がこの地へ来たのは四月三日（陽暦五月二十一日）なので、私がいった頃と、そんなに時季外れというわけではない。タクシーで那須野を横切って黒羽町（現・大田原市）

へ向う。桜の花と田植が一緒で、菜の花も青麦もともに目を楽しませた。鯉のぼりがあちこちの農家の軒にあがっているが、ここのは万国旗のように凄い。タクシーの運転手さんにいわせると、同朋親族一同からそれぞれ贈り、それをみな揚げるよし、無数の鯉のぼりが空に泳ぎ、鯉の養殖場が青空に出来たようなあんばいである。一本のポールに無慮大小、七、八旒の鯉のぼり。なかなか壮観であった。

〈あなたも甥御さんに贈ってあげるんですか〉

とひい子が聞く。運転手さんは当然、というふうに、

〈ええ、やります。ウチに出来たときも貰いましたから〉

〈何人、ごきょうだいがいらっしゃるんですか〉

個人的なことをすぐ聞くのはひい子の癖。

〈七人です〉

車中、しばし無言。

梨の花白く、こぶし、椿、連翹、梅、すみれ、みないちどきに咲いて繚乱の春であった。

芭蕉は純朴な農夫の好意で馬を借りて那須野を行くが、あとを慕ってきた可愛い童女の名を聞き、〈かさね〉という、鄙に稀な文学的な名に、快い衝撃を受ける。「かさねとは八重撫子の名なるべし」という曾良の句は、実は芭蕉の句であるらしい。

農夫の好意といい、童女の名といい、芭蕉は「やさし」という感慨を持っている。やさしとは風雅のこと、風雅こそ、人の人たるあかし、芭蕉は鄙の風雅にめぐりあったのである。

黒羽へいく道の西教寺に「かさねとは……」の句碑がある。ここにも桜が咲いていた。

2

芭蕉と曾良が頼っていったのは黒羽町の館代家老・浄法寺高勝、俳号桃雪と、その弟の岡豊明、俳号翠桃であった。黒羽は大関藩一万八千石、小さい藩で城はない。二十九と二十八の兄弟はかねて芭蕉と旧知の仲であり、芭蕉たちを歓待し、附近の名所古蹟を案内した。芭蕉らも今までの旅の疲れをやすめ、これからいよいよ白河の関を越えるというので英気を養うためか、黒羽に二週間も滞在している。

「黒羽の館代浄法寺何某の方におとづる。思ひがけぬあるじの悦び、日夜語りつづけて、その弟桃翠などいふが、朝夕勤めとぶらひ、みづからの家にも伴ひて、親族の方にも招かれ、日をふるままに、一日郊外に逍遥して、犬追物の跡を一見し、那須の篠原をわけて、玉藻の前の古墳を訪ふ。それより八幡宮に詣づ。与一、扇の的を射し時、『別しては、わが国の氏神、正八幡』と誓ひしも、この神社にてはべると聞けば、感応殊にしきりに覚えらる。暮るれば桃翠宅に帰る」

那須のお土産屋のグッズは、もっぱら、那須の与一の何やらと、芭蕉人形、それに九尾の狐、である。私は白木を削った九尾の妖狐の飾り物（七、八センチぐらいの、簡素で古拙でちょっといいもの）を買った。

伝説では金毛九尾の狐が玉藻の前という美女に化けて、鳥羽院をたぶらかし、その寵妃となったが、安倍泰成に調伏されて那須野へ逃げた。勅命で三浦の介、上総の介が妖狐を退治することになったが、狐は犬に似ているから、犬で騎射の稽古をせよと仰せられ、これが犬追物のはじめだと伝える。竹垣で囲んだ馬場に犬を放して、馬上で射る練習だったそうである。退治された妖狐はその怨霊が殺生石となり、人獣に害をした、という。

黒羽という町は、『奥の細道』の取材のことがなければ私には一生、縁なく終ったであろうけれど、はじめて行ってみて、まことに清爽の気あふれる、いい城下町だと思った。

芭蕉が十四日も滞在したはずである。浄法寺氏という、青年武士兄弟のかんばしい人柄、心からの温かい歓待にもよろうが、町自体、何ともいえず、すがすがしい雰囲気があった。

芭蕉は町の匂いを敏くかぎあてたのであろう。那須岳をのぞむ平野に那珂川が水量ゆたかに横たわる。(鮎が名物である)昔は舟運の便で商業が栄えたというから川岸には商家の土蔵の白壁も並んでいたろう。心ゆたかなまちだ――と芭蕉は思ったのか。

金毛九尾の古狐が美女に化けて、天竺、大唐、日本の帝王を軒なみにたぶらかしてまわったという伝説は愉快であるが、どうして那須野に関係があるのであろうか。広漠たる野には狐が多かったのか。

芭蕉たちは桃雪の案内で古歌の歌枕、「那須の篠原」を分けて玉藻の前の古墳を見る。いま玉藻稲荷というのがあり、境内に、「秣おふ人を枝折の夏野かな」の句碑がある。これは翠桃(芭蕉は桃翠としているが正しくは翠桃)宅で巻いた歌仙の発句である。翠桃は「青き覆盆子をこぼす椎の葉」とつけている。

玉藻稲荷は木々が繁って、雑草に掩われた小さい池があり、陰気な場所であるが、雲巌寺はこれら伝説に付会したものとこと変り、見ごたえのある名刹であった。臨済宗妙心寺派の禅寺。芭蕉が江戸深川にいたころ、帰依し参禅した師に仏頂和尚という人がいて、和尚はこの寺に庵を結んでいたことがある。中山義秀氏の『芭蕉庵桃青』(中公文庫)は、冒頭、芭蕉と仏頂の緊迫した美しい応酬からはじまる。

芭蕉はその山居のあとを見たいと思い、十二キロの道を杖引いてたずねる。「人々すゝんで共にいざなひ、若き人おほく道のほどうち騒ぎて、おぼえずかの麓に至る。山は奥あるけしきにて、谷道はるかに、松・杉黒く、苔しただりで、卯月(うづき)の天いまなほ寒し。十景尽くるところ、橋をわたつて山門に入る」

若い人々が随(つ)いてきて、たのしい一日のピクニックになったろう。以前、仏頂和尚は、〈自分はたてよこ、五尺に足りぬような小さい庵をむすんでいるが、それも雨が降るからで、雨さえ降らねば一所不住の僧には草の庵もいらぬこと、とくやしい。――こんな歌を松の炭で岩にかきつけたことです。「竪横(たてよこ)の五尺にたらぬ草の庵(いほ)　結ぶもくやし雨なかりせば」とな〉――と、芭蕉に話したことがあった。敬慕する和尚の話を芭蕉は感銘深く聞き、その山居を見たいと心にとどめていたのだった。

雲巌寺は現在なお芭蕉の描写した通り、「谷道はるかに、松・杉黒く」生いしげり、「卯月の天いまなほ寒し」という風情。川に朱塗の橋がかかり、石段をはるかのぼれば二層の山門がたちはだかり、更にその背後に巨木が繁る。谷は清らかに山気は森厳、身のひきしまるような気品高いお寺で、私にはまことに好ましく思えた。芭蕉は後の山をよじのぼって庵を見、

木(き)啄(つつき)も庵(いほ)は破らず夏木(こ)立(だち)

という一句を残している。私はそこへは登れなかったが。

修験道の光明寺という寺があり、芭蕉は招かれて、修験道の開祖、役の行者を祀る行者堂を拝む。行者堂には、役の行者がはいたといわれる一本歯の足駄が安置してある。

夏山に足駄を拝む首途かな

空を翔けったという役の行者にあやかって、自分もはるばるみちのくの旅路を踏破できますよう、首途の祈念をこらして足駄をおろがむことよ。

芭蕉の、武者ぶるいするような昂揚感があり歯切れよい句だ。ただ、役の行者の像がすぐ思い出せなければ、「足駄」という言葉のイメージは結べないかもしれない。

光明寺の跡は綺麗に何もなくて、畠になっており、この句碑が立っているばかりで、空は真っ青、足もとにはたんぽぽが群れ咲いていた。

3

北へ北へ。

芭蕉は歌枕の地を求めつつ進む。黒羽の桃雪は殺生石へいく芭蕉を馬で送ってくれた。

「この口付の男、『短冊得させよ』と乞ふ。やさしきことを望みはべるものかなと、

野を横に馬引き向けよほととぎす

殺生石は、温泉の出づる山かげにあり。石の毒気いまだほろびず、蜂・蝶のたぐひ、真砂の色の見えぬほど、かさなり死す。
また、清水ながるるの柳は、芦野の里にありて、田の畔に残る。この所の郡守戸部某の、『この柳見せばや』など、をりをりのたまひ聞えたまふを、いづくのほどにやと思ひしを、今日この柳のかげにこそ立ちよりはべりつれ。

田一枚植ゑて立ち去る柳かな」

芭蕉は馬の手綱を引く馬子に短冊を乞われ、〈おお、いみじくも〉とその風雅を嘉する。日常の塵の中にまじるみやびの心を、砂金のように珍重する。「野を横に……」の句は、那須の広がりと、天空を鳴きゆくほととぎすの音が交錯して、立体的な巨きい句である。

私たちは那須野から黒羽の取材をすませて那須温泉で宿を取った。芭蕉と同じように、明日はいよいよ白河の関を越えるのである。

那須高原には目を奪われるような目新しいモダンなペンションがあり、夏は若い人でにぎわうよし、泊った宿屋では、那須野のまん中というのに、よいトロと鯛の刺身が出た。

〈この魚はどこから来るんですかっ〉

と妖子がすぐ聞く。私は物臭である上に鈍感だが、妖子は慧敏な上に好奇心強く、進取の気性に富んでいるので、すぐ質問が出てくる。仲居さんはこともなげに、

〈築地からきます〉

〈築地って東京の――無論、でしょうけど〉

〈はい、無論でございます〉

無論の仲居さんは色紙を携えきたり、私は筆をとらされた。個人的質問好みのひい子は、

〈あなたはファンのかたですか〉

仲居さんはそうだと答え、私はこの地への挨拶として、書いた。美しき九尾の狐も浴み

居らん　那須のいで湯の上弦の月。

私たちは肉料理の皿をみな亀さんに押しつけ、亀さんは全部平げたあと、早々と部屋へ引きこんで眠る。何しろ朝の早い取材なのでスタミナの配分によほど注意しないと、という風情にみえたが、――好漢、肉には強いが酒に弱い、というところかもしれなかった。ここの地酒は天鷹、この地の風の匂いや夜気によく合うのである。芭蕉も土地土地の酒を飲んだようだ。

翌朝、九時には宿を出て殺生石にゆく。現在は遊歩道が整備され、立看板や説明板があるが、満目茶褐色に焼けただれたような広い河原である。さながら恐山を見るような景色であるが、恐山ほど広くはない。

殺生石とはいっても、毒素の正体は、硫化水素、亜硫酸ガス、二酸化炭素などの有毒ガスで、石が毒気を噴くわけではない。ちょうど温泉地へ足をふみ入れたような臭いがして、春の青空には、ほととぎすならぬ、鶯がどこかで鳴いていた。芭蕉の来たときより一ヵ月ばかり早いわけである。

芭蕉は謡曲「殺生石」の舞台を一見したかったのであろう。現在は虫が死んでいるわけではなく、観光客や、湯の花採りの人々が岩の間に点々とみえる。——殺生石よりも一見して美しいのは「清水ながるるの柳」だった。芭蕉の見た柳では勿論なくて、植え継がれ植え継がれしている。現在は那須町芦野の田畠のまん中、鏡山を背にして、ひとむらの柳と桜が遠目にも美しく繁っていた。桜は満開である。

西行は下野の国で「道のべに清水ながるる柳かげ　しばしとてこそたちどまりつれ」という歌をよんだということになっている。謡曲「遊行柳」では、遊行上人巡化の折、朽木の柳の精が現われ、西行の柳の場所を教え、上人によって成仏したことを歓んだと。

私の見たときは四月二十日すぎだったからあたりの田には水が張られてまんまん、春の青空を映し、畔道には土筆、たんぽぽ、すみれが縁取りのように咲き、桜の花びらがしきりに散っていた。一劃の中に、蕪村の句「柳散清水涸石　処々」の碑、西行歌碑、そして柳のそばに芭蕉の句碑がある。

芭蕉は西行心酔者であったから、西行のながめたままに自分も立ち止ることをゆかしく思ったのだろう。折から田植、農夫たちが田を一枚植える間、呆然と思いにふけったという句である。郡守戸部某というのはここ芦野の領主、芦野民部資俊のこと、俳号桃酔、この領主もまた風雅に心かたむける武士で、領地内にある歌枕を誇りにしていたにちがいない。

「心もとなき日かず重なるままに、白河の関にかかりて、旅ごころ定まりぬ。『いかで都へ』と、たより求めしも、ことわりなり。なかにも、この関は三関の一にして、風騒の人、心をとどむ。秋風を耳に残し、紅葉を俤にして、青葉のこずゑ、なほあはれなり。卯の花のしろたへに、いばらの花の咲きそひて、雪にも越ゆる心地ぞする。古人、冠を正し、衣装を改めしことなど、清輔の筆にもとどめ置かれしとぞ。

卯の花をかざしに関の晴着かな　曾良」

いよいよ白河の関である。陸奥の国への入口、そして古来からの歌枕。芭蕉は「旅ごころ定ま」る自分をみつめている。往古、都びとは、この関を出れば、〈なからんなから故人なからん〉という気持であったろう。

便りあらばいかで都へ告げやらむ
けふ白河の関は越えぬと　平兼盛

都をば霞とともにたちしかど
　秋風ぞ吹く白河の関　　　　　　能因法師
都にはまだ青葉にて見しかども
　紅葉散りしく白河の関　　　　　源　頼政

——これらの古来、有名な歌が、どっと芭蕉に思い出される。芭蕉はそれらをうまく捌いて、きらびやかな短い文章のうちに、古歌への礼をつくし、加えて、自分の感慨を托す。白河の関というと、秋風、というのが古典的教養のきまりであるが、芭蕉の通った時は初夏。卯の花、いばら、雪のような白さで、梢は青葉若葉であった。

「古人、冠を正し」というのは藤原清輔の『袋草紙』に、能因の名歌に敬意を表して、平服をあらため、装いを正して関を通った故人のことを書いてある、それを指す。漂泊の桑門の身なれば、あらためるべき晴着もない、せめては卯の花を折ってかざし、それを晴着として関をこえようという、曾良の句。

ところが、いま現実にその白河の関のあとをたずねようとすると、その所在は明らかでないのである。芭蕉でなくとも奥州への旅を志す「風騒の人」は、白河の関に郷愁も思い入れもたっぷりあったはずだが、なぜかその関のありかははっきりしない。六、七世紀頃に蝦夷への北の守りとして置かれたらしい白河の関は、王朝末まで存置、鎌倉時代のころ廃れたらしい。

白河藩主の松平定信は旗宿（福島県白河市旗宿）に、白河古関があったと考証して、〈古関蹟〉という碑をたてている。

しかし芭蕉の通ったのはそれより百年以上前のこと。

関の明神というのがある。栃木県那須町から福島県白河市へ越えるところ。『曾良旅日記』に、「小坂也」と書かれたようにちょっとした峠になっている。住吉・玉津嶋、両明神を祭るため、二所の関という。下野と陸奥の国境で街道にはさびれたお社が建っている。福島県側の白坂関明神の境内には「風流のはじめや奥の田うへ唄」の句碑があった。

道をへだてた向い側に〈白河二所之関址〉の大きい碑があり、ここが古関の白河の関とある。車もあまり通らず、しんとした国境である。関跡碑のそばには紫の花がかたまって咲いていた。すっと出た一本の茎の先に、小さい花が固まって咲いたもの、花の名にくわしいひい子が、

〈おやおや、猩々袴ですね〉

という。そうして気をつけてみると、あたりにはもっと赤みを帯びた紫の、蘭のような百合のような花が多く咲いており、ひい子は、

〈かたくりがこんなに〉

といった。「もののふの八十少女らが汲みまがふ　寺井の上の堅香子の花」――家持の歌のかたかごである。古い関跡にむらがるかたくりの花をかざしにして、白河の関を越えるべきか。

もっとも、ここは白河の関としては新しいほうの関ともいわれる。芭蕉も教えられて、旗宿の古関趾を見にいった。もちろんその頃はまだ松平定信の建てた〈古関蹟〉の碑などない。すべて土にかえっていたろう。

現在、古関蹟付近は観光客向きに美しく整えられている。『奥の細道』白河の関のくだりを書いた加藤楸邨筆の碑をはじめ、歌碑句碑のたぐいがおびただしい。こちらは昭和四十一年に〈国史跡　白河関跡〉と指定されている。いまも発掘は続けられているらしく、空濠や土塁、柵列などの遺構が発見されている。

何にせよ、能因が通り、兼盛が通り、実方が通り、西行が通り、芭蕉が通った道を、いま私も通ってゆく。

芭蕉は〈秋風〉や〈紅葉〉の伝統と別の〈白河の関〉を見た。青葉若葉と卯の花・いばらの花が雪のように白い、新緑の季節の白河の関である。伝統的詠嘆ポーズに縛られないで、芭蕉は流行しゆく新鮮な目で歌枕を捉えている。

壺の碑

1

白河の南湖は風光美しい湖だが、そのそばの食堂で私たちは〈南湖そば〉というのを食べ、これは結構おいしいのだった。私たちの乗ったタクシーの運転手さんの推奨による。途中、いくつもそば屋を見つけ、妖子が、

〈おそば屋さんがありますよっ〉

とめざとく見つけて叫ぶが、運転手さんは、

〈まだまだ先に〉

といって南湖公園まで連れていってくれた。

東北の旅では昼食はたいていそばになったが、これがどこも〈わりにいけた〉というもの。上方者は、そば自体はともかく、だしの味は関東以北はみな、ダダ辛いように思って

いたが、なぜか東北のそばのお汁はそう感じられず、美味しいと思った。
須賀川（福島県須賀川市）へ芭蕉は、旧知の俳友、相楽等躬を訪ねてゆく。奥州俳壇の重鎮で、奥羽街道の宿駅である須賀川の駅長をしていたともいわれ、大きい邸を構えた素封家であったらしい。

「須賀川の駅に等躬といふ者をたづねて、四五日とどめらる。まづ、『白河の関いかに越えつるや』と問ふ。『長途の苦しみ、身心つかれ、且つは風景に魂うばはれ、懐旧に腸を断ちて、はかばかしう思ひめぐらさず。

風流の初めや奥の田植歌

むげに越えんもさすがに』と語れば、脇・第三と続けて、三巻となしぬ」

須賀川は閑静な田舎町で特徴とてないが、町の人々は、芭蕉が『奥の細道』で須賀川をしるしとどめ、「風流の……」という佳句を物したのを誇りにしているらしい。いま等躬の邸あとはNTT須賀川支店になっているが、その西南の一隅に、〈軒の栗可伸庵跡〉の標柱があり、栗の木三本が植えられてある。よく手入れされ、芭蕉の句碑がある。また芭蕉がこの近辺で詠んだ句、乙字の滝での「五月雨は滝降りうづむ水かさ哉」、可伸庵での「世の人の見付けぬ花や軒の栗」に「風流の……」を合せ、三枚のテレホンカードにしてあるのをこの町で求めることができた。

可伸は俳号栗斎、この宿のそばに「大きなる栗の木かげをたのみて、世をいとふ僧あり。橡ひろふ深山もかくやと、しづかに覚えられて」と芭蕉に書かせているような、閑かな侘びた庵をむすんでいたらしい。さきの雲巌寺の仏頂和尚山居の跡といい、可伸庵といい、「世をいとふ」侘住居はいつも芭蕉の心に叶うのであろう。「かくれがやめだたぬ花を軒の栗」は、可伸庵での歌仙興行の芭蕉の発句である。

さきの「風流の初めや奥の田植歌」に等躬の脇、「覆盆子を折て我まうけ草」「水せきて昼寝の石やなをすらん　曾良」――この三吟歌仙、等躬と久闊を叙する間もなく、俳席が設けられたらしくて主客の心はずみが思われる。芭蕉を待ちうける人々は、蕉風の新風潮にしたしく触れたいという熱意があったろうし、芭蕉も新風を披露流布したかったろう。

須賀川の町の喫茶店でしばし休む。オレンジジュースやグレープジュースを頼んだが中々出てこず、やっと出てきたら、驚くほどあざやかなオレンジ色、紫色、一口飲んで妖子は語調するどく、

〈これは色つき水ですねっ〉

〈まあ、まあ、まあ……〉

やはりこういうところではみたらし団子（店先で売ってる）とお茶、など頼んだほうがよかったかもしれない。しかしこれも一興じゃありませんか。須賀川の色つき水もなつかしと思うべしわれら　はるけきのちに。

この須賀川のまち、芭蕉のゆかりを大切にして、いまも俳諧の町、ということであちこちの町角に投句ポストなど設けてある、これこそ芭蕉のいう、「やさしきこと」であろう。ここの十念寺は、しだれ桜の美しい寺だが「風流のはじめや奥の田うゑ唄」の句碑がある。

2

さて、ここから北へは歌枕のオンパレードで、古典をひもといた人にはゆかしい地名がぎっしり並ぶ。

芭蕉は古歌と古人の心をもとめ、わが創作の新境地開拓ともなる心眼が開けるのではあるまいかと、その一つ一つに精力的につきあっている。

だが、多くは歌枕にこじつけたり、事寄せたりした観光コースになってしまっていた。

須賀川から五里ばかり北、檜皮（いま福島県郡山市日和田町）の宿に安積山がある。この山は、歌枕の宝庫で、「安積山かげさへ見ゆる山の井の　浅くは人を思ふものかは」など、この山にまつわるロマンスも多い。都の姫君に懸想した舎人（召使い）が、姫君を攫ってこの山まで逃げ、姫君はこの歌を詠んで山の井に身を投じたという話。

都くだりの伊達者の実方中将は、ちょうどここで端午の節句を迎えたため、菖蒲のかわりに、安積の沼の花かつみを葺かせたという。

芭蕉は安積山と安積の沼を見たく思い、また〈花かつみ〉を知りたくて、等躬に聞いたが、等躬も知らなかった。

「『いづれの草を、花かつみとは言ふぞ』と、人々に尋ねはべれども、更に知る人なし。沼を尋ね、人に問ひ、『かつみかつみ』と尋ねありきて、日は山の端にかかりぬ。二本松より右に切れて、黒塚の岩屋一見し、福島に宿る」

芭蕉はついにかつみという草を知ることができず、また安積の沼も等躬がいったように「あやしげなる田の溝」に過ぎなかった。ただそれを尋ねてまわる心が風流と思うしかなかった。かえって実体が知れないのも面白いではないか。「霧時雨富士を見ぬ日ぞ面白き芭蕉」というようなものであろう。

黒塚は謡曲「安達原」で有名で、旅人を泊らせ餌食にしていた鬼女が、山伏に調伏させられるという話。

　このあたりの史蹟や歌枕を見まわるのにタクシーは何度も阿武隈川を渡る。（私たちは、〈渡っても渡っても阿武隈川〉という山頭火ばりの句をつくった）真弓山観世寺というのがあり、（福島県二本松市安達ヶ原）この境内に黒塚の岩屋というのがある。巨岩が庇のようにせり出し、互いにせめぎ合うように重なり、苔むしている。飛鳥の石舞台の石も大きいが、あれは人工で寄せあつめたという感がある。しかしこれは、自然のまま、巨岩がごろごろとむき出しになったようで、凹みに石仏を安置し、南無阿弥陀仏と彫った碑や、〈夜泣き石〉などというのがあり、陰惨な伝説を、岩に無理に結びつけているのかもしれない。ここは観光客が多かった。

　芭蕉は血腥い伝説に閉口したのか「一見し」ですませている。平兼盛の「みちのくの安達が原の黒塚に　鬼こもれりと聞くはまことか」という歌は、これは鬼女のことをいったのではなく、親友の源重之の女きょうだいのことをいったらしい。重之は陸奥へ二度も赴任しているが、「陸奥の国名取の郡、黒塚といふ所に重之が妹あまたありと聞きていひつかはしける」という詞書が『拾遺和歌集』（巻九）にある。

福島に出れば、ここはまた古来有名な「しのぶもぢずり」のしのぶの里。「百人一首」で有名な「みちのくのしのぶもぢずり誰ゆゑに　みだれそめにし我ならなくに」源融の歌をなつかしんで、芭蕉は〈もぢずり石〉というものを見にゆく。元来もじずりの〈もじ〉はもじり乱れる、という意味で、のきしのぶの葉を布に摺りつけて染めたもののともい、模様を彫った石に布をおしあて、山藍で摺って染めたともいう。乱れ模様だったから「しのぶもぢずり」は乱れるという言葉を引き出す序になる。

芭蕉の時代には、もじずり石があると思われていた。「はるか山かげの小里に、石なかば土に埋れてあり」という。芭蕉は、ここで、

早苗とる手もとや昔しのぶ摺

しのぶ摺は口碑にしか残っていず、芭蕉は巨岩をそれと教えられて、消えた伝承をなつかしむ。

この文知摺石を捜すのは大いに難儀した。福島駅から東へ約四キロ、115号線に沿った山間、曹洞宗安洞禅院（福島市山口寺前）という寺にある、石の柵で囲んで苔むした

巨岩がそれという。これまたずんぐりむっくりした古びたもの、土中に埋もれていたのを明治になって掘り出したという。

それにしても、奥羽は巨木巨岩の国である。木々はあくまで亭々とそびえ、広漠の野に巨岩は点々蟠踞する。血腥い、あるいはみやびやかな伝承を、人間は勝手に岩にくっつけるが、巨岩怪石らは、

（おれの知ったことか）

とばかり不逞に瞑目して、太古から蹲っているようにみえる。どことなく、鬱然とした昏いエネルギーをこの地は秘め、奔騰するのを辛うじて抑えつけているようにみえる。歌枕の更に深いところで、その土地の神、地霊のもつ、奇しき霊力に感応しないではいられない。私はこのあたりから、東北のかくし持つ毅然たる地底のエネルギーに、畏敬の念を持ちはじめた気がする。

3

芭蕉たちは阿武隈川の月の輪の渡しを渡り、瀬の上という宿に着く。佐藤庄司の旧蹟を訪ねようというのである。

歴史好きの芭蕉であるが、彼の好みは悲運に斃れた人、義に生きた人、にあるらしい。その志を奪うべからず、というような、信に生き、節に死ぬ、という人生を愛するようである。

私は東北へ来て今更のように感じ入ったのは、義経とその家来たち、なかんずく、義経の身代りになって死んだ佐藤継信・忠信兄弟の人気である。継信・忠信は信夫・伊達両郡の庄司（代官）だった佐藤元治の息子たちで、義経が平泉の藤原秀衡のもとに身を寄せたときからの家来だった。義経に従って平家追討に転戦し、戦功をたてたが、この兄弟はついに故郷に帰ることがなかったのである。兄の継信は屋島の戦いで義経を守って矢面に立ち、胸板を射抜かれて死ぬ。少年の日から睦み馴れ、最も信頼していた家来であった。何かいいおくことはないかと涙ながらに義経が手を取ると継信は「などか思ひおくことのなくては候ふべき。まづ奥州に候ふ老母のこと、さては、君の御世を見たてまつらず、先に立ちまゐらすることこそ、冥途の障りにて候へ」これを最後の言葉として二十八歳で、讃岐の屋島の磯で落命する。弟の忠信は義経が兄頼朝に追われて吉野へ落ちたとき、身代りとなって義経を逃がし、のち京で切腹する。

ともに義経に献身したのである。

伝説では兄弟の戦死を悲しむ老母に、その妻たちは甲冑を着て夫の凱旋のさまをみせて慰めたという。

父の元治もまた、奥州征討に来た頼朝と戦って戦死している。一片の丹心を守って死んだ男たちである。彼らはいまなお東北の人々に哀惜され、追慕されている。

「佐藤庄司が旧跡は、左の山ぎは一里半ばかりにあり。飯塚の里鯖野と聞きて、尋ね尋ね行くに、丸山といふに尋ねあたる。これ、庄司が旧館なり。麓に大手の跡など、人の教ふるにまかせて涙を落し、また、かたはらの古寺に、一家の石碑を残す。中にも、二人の嫁がしるし、まづ哀れなり。女なれどもかひがひしき名の世に聞えつるものかなと、袂をぬらしぬ。堕涙の石碑も、遠きにあらず。寺に入りて茶を乞へば、ここに、義経の太刀・弁慶が笈をとどめて、什物とす。

笈も太刀も五月に飾れ紙幟

五月朔日のことなり」

さてこのあたりは、また日をあらためて取材したのだった。東北新幹線で福島に着く。

駅構内、エレベーター前に、彫塑家太田良平氏作、芭蕉の旅姿の像がある。どちらかというと肉付きのいい慈顔、人のとりつきやすい面ざし、左手に杖を突き、右手は、背にかけた笠の緒を握っている。構内のレストランで松花堂のような弁当を取り、別に漬物を取ったら、これがおいしかった。私たちは漬物大好き少女たちなのだった。亀さんはやっぱり、トンカツ定食。駅の土産物は山菜、たらの芽、蒟蒻、こけし。東北だなあ、と思う。

芭蕉が「かたはらの古寺」と書いた佐藤一族の菩提寺、医王寺へ行こうというのである。芭蕉がここへ来たのは五月二日（陽暦六月十八日）、しかし私が取材に来たのはもう秋になっている。

駅前で大型タクシーを物色するが、ないので中型にする。その名もゆかしい、しのぶタクシーというのであった。（私は地方へいったとき、タクシーの名称に少なからぬ関心を寄せる趣味がある。函館の鈴蘭タクシーとか、大阪の細雪タクシー〈もっともこれは個人タクシーだったが〉とか、随喜惜くあたわざる名称にめぐりあうのを愛する。この前の文字摺石取材では、もじずりタクシーというのにも乗った）

大型車は福島競馬のほうへ取られた、と運転手さんはいう。妖子はまた質問を発する。

〈大型車が少いのはなぜですかっ〉

〈乗る人が少いから……〉

〈あ、経済の原則か〉

〈私はまた、雪道のせいかと思った〉とひい子。

〈このあたりは、ゆぎみぢは大したこと、ねえっす〉

運転手さんはいった。道々、木にりんごが生っているのを、上方者の私ははじめて見た。

医王寺の山門を入って杉の木立の中をまっすぐ行くと、佐藤元治夫妻、兄弟や一族の、立派な墓が並ぶ。墓というより石塔である。

ここには現在、弁慶の笈や、義経の直垂の切地、などが宝物室に陳列してあって、拝観料を払って見られるようになっている。ここも観光客が多いけれども、寺の近くの墓地の横で老人たちがゲートボールに興じていて、静かな高台だ。

ここで私がびっくりしたのは、立派な鐘撞堂があるのだが、その寄進者の名である。断然、佐藤姓が多い。東北には佐藤姓が多いというけれど、さればこそ、西行も、俗名は佐藤義清、ルーツはこのあたりのせいで、奥州へ二度も来たのかと思い当った。

佐藤兄弟の故事を偲ぶには、医王寺よりも、「これ、庄司が旧館なり」という大鳥城趾がいい。飯坂温泉駅から車なら何ほどもなく城跡公園の頂上にゆける。芝生の広場があるのみだが、ただ一基、雄大な碑が建てられている。懇切な長文の吉川英治氏撰文〈大鳥城跡〉の碑である。「……今日に至って昨日を見ればすべて歴史は生々流転の音楽です。この石の語るものが途上の遊子の胸をふく旅情の一絃にでもなれば倖せです……」というのはその一節である。

そこには『新平家物語』の作者の感慨が盛られている。義経、継信・忠信の兄弟、父の元治、かれらの生の軌跡が光芒を曳いて明滅しつつ、歴史の闇に消えてゆく。芭蕉もまた『平家物語』や『義経記』を思い起し、ゆたかな想像力で古人のロマンを追体験する。一切が土に帰した旧蹟こそ、芭蕉には強烈な感慨であったろう。

芭蕉はその夜、飯塚（今の飯坂温泉）に泊った。

「温泉あれば、湯に入りて、宿を借るに、土座に筵を敷きて、あやしき貧家なり。灯もなければ、囲炉裏の火かげに寝所を設けて臥す。夜に入りて、雷鳴り雨しきりに降りて、臥せる上より漏り、蚤・蚊にせせられて眠らず、持病さへおこりて消え入るばかりになん。短夜の空もやうやう明くれば、また旅立ちぬ。なほ夜のなごり、心進まず、馬借りて桑折の駅に出づる。はるかなる行末をかかへて、かかる病おぼつかなしといへど、羇旅辺土の行脚、捨身無常の観念、道路に死なん、これ天の命なりと、気力いささかとりなほし、道縦横に踏んで伊達の大木戸を越す」

芭蕉の文章が、ノリにノッている個所である。前半は後半の「気力いささかとりなほし」を強めるために、より窮迫のさまに描いたのかもしれない。

飯坂温泉駅の駅前には、さきの太田良平氏の芭蕉像が、十綱橋を背景に立っていた。ここは古い温泉で、芭蕉の来た頃はすでに温泉地として栄えていたというが、芭蕉は〈滝の湯〉の湯番小屋に泊った、と土地の古老は語り伝えているといわれる。曾良の旅日記には「夕方ヨリ雨降。夜ニ入、強」とあるが芭蕉が病患に悩んだことはしるされていない。

温泉街の中ほどに〈鯖湖湯〉という古い共同浴場があり、ここは飯坂温泉の発祥地であるらしい。古雅な古いたてものをながめていたら、向いの土蔵づくりの美しい旅館の女あるじがどうぞ、入っておやすみ下さいといわれる。このN屋も古い宿のよし、囲炉裏のそばでお茶を頂いたが、お茶うけは、にんにくがちょっときいた白菜の漬物、らっきょう、いちじくの甘露煮であった。

福島はくだもの王国だというが、ほんとにりんご、梨、柿などが通りの果物屋さんの店先に満ちていた。

その夜の宿〈F〉の湯はよかった。透明でゆたかにあふれ、熱いが肌を刺さない、快い湯である。食事もいい。

〈ここの魚はどこから来るんですかっ〉

と聞くのはいうまでもなく妖子。

〈石巻あたりからきます。福島の魚はみな東京へいってしまいますんでねえ〉

という仲居さんの話。

〈ゆうべ、とてもお二階はにぎやかでしたね〉

と個人的動静に関心のあるひい子。

〈はい。お婆さんたちの団体ですよ。六十七十のかた七、八人ばかりの団体ですが、食事のあと、外のカラオケバーへ歌いにいかれて、帰られたのは十二時ですよ。いやもう、いまどきのお婆さんには負けますわ。お化粧もきれいに、アクセサリーもいっぱいおつけになって〉

中年、といってもまだ若そうな仲居さんはおかしさを怺える口ぶりだった。このあたりのお酒は栄川。これも口当りよく、私はまた色紙を持ってこられて酔いに任せて書いてしまう。芭蕉と同じく、佐藤兄弟が私も好きになっている。彼らは義経に惚れていたのだ。惚れた人のために死ねるというのはいいではないか。いくさに出でて帰らぬ勇士ありきという飯坂の湯をなつかしむ秋。

4

芭蕉が病いに苦しむことで昂ぶって勇気をよみがえらせ、再び北へと進み出したのにひきくらべ、私たちはよい湯を浴びて上機嫌で飯坂の町を出る。

桑折町には、旧伊達郡役所があり、これは今も地方に折々見られる重文の、優美な明治洋風建築である。庭内に、福島駅にあったのと同じ、芭蕉像がある。

車で走る道々、芭蕉の旅とちがって秋なので、果樹園のりんごは赤く色づき、灯がついたように樹々を飾っていた。まことに壮観というながめ。

すでに宮城県に入っていて、芭蕉は斎川の鐙摺・白石を過ぎ、笠島に入っている。鐙摺は昔、せまい山峡で義経の軍が通過するとき、岩に鐙を擦ったというが、いまは広くなって丘の斜面に〈あぶみすり坂〉という木の標柱があるばかり。

その標柱より立派な石碑に、〈孫太郎蟲供養碑〉とある。孫太郎虫というのは東北でよく聞くが、どういうものだろうと思ったら、タクシーの運転手さんはクスリだという。

〈何に効くんですかっ。どんな虫ですかっ〉、

と妖子は聞き、まあ見りゃわかる、と運転手さんはさがしてくれた。斎川小学校前のス

ーパーに一軒だけ売っていた。一箱二千五百円というから、かなり高価なもの。蓋をとると、妖子もひい子もきゃっといった。茶色い小型の百足のようなものを乾燥させ、十四ずつ串にさしてある。それがぎっしり詰っている。説明書には「疳虫の小児に食せしめると不思議なほど効果があります」とある。火にあぶって砂糖醤油を引いて食べるがよい、とあり、一日二串くらい。「如何なるものとも喰合せなし」。

子供の頃、私も食べさせられたね、と運転手さんはいった。斎川の河の小石の間にいる虫だそうで、何でも大昔、鎮守の明神が夢に現われて疳虫の妙薬として教えたそうである。いかにもみちのくの田舎のクスリといった、奇妙で、しかも物なつかしい民間薬だ。見た目はグロテスクだけれども。

芭蕉は実方の墓へ詣でたかったが、「このごろの五月雨に道いとあしく、身疲れはべれば、よそながら眺めやりて」通ってしまった。

笠島はいづこ五月のぬかり道

いま、宮城県名取市愛島塩手に、実方の塚がある。私は芭蕉に代って実方の墓を訪いたかった。

地図には載っているが、ずいぶんタクシーは迷ってしまった。道祖神社を北へ一キロばかり、小川の彼方に、たしかにひとむら薄がある。〈かたみのすすき〉と標柱がある。のちに植えたのであろうが、実方の墓にはむかしは薄が生い茂っていたようだ。西行は実方の塚を訪れ、「朽ちもせぬその名ばかりをとどめ置きて　枯野の薄かたみにぞ見る」と詠んでいる。

実方は清少納言らと同時代の王朝の歌人だが、長徳元年（九九五）陸奥守となり、赴任先で死んだ。それは左遷だったようで、こんな説話が伝えられている。あるとき人々が花見に興じていたところ、にわか雨が降ってきた。人々は立ち騒いだが、実方は桜のもとにたたずんだまま、「桜狩　雨は降りきぬ同じくは　濡るとも花の蔭に宿らん」とよみ、人々を興じさせた。その話を藤原行成が耳にして、〈歌は面白いが、そのやりくちは頂けないね〉と洩らした。これは二人の性格からきている。実方は恋歌が巧いだけに、女性にもてる風流貴公子で、情熱的で、才気あふれる才人である。行成は名門の出自だが苦労して育った人で、進退は慎重であり、バランス感覚に富む。それぞれの性格がもたらした行動であり、批判である。しかし実方はそれを聞いて行成を怨んだ。その後、殿上で実方と行成は争うことがあり、さきの遺恨も加わって、実方は怒りに任せ、笏で行成の冠をはたき落してしまった。行成のほうはこの無礼に対し、主殿寮（宮中の雑役をつとめる役）を呼んで冠を取らせ、静かに鬢かきつくろってかぶり、おもむろに実方に向って、〈いかなるゆえあって、かかるご乱暴なお仕打ちを受けるのか、後学のためにとくと承りたい〉といったので、実方は間が悪くなって逃げてしまった。

主上（一条天皇）がこれを窓からご覧になっていて、行成の沈着にひきかえ、実方は軽率であるとご不快に思し召され、〈みちのくの歌枕を見てまいれ〉と優雅に左遷を言いわたされたのだった。

百人一首には実方の「かくとだにえやは伊吹のさしも草　さしも知らじな燃ゆる思ひを」

という歌が入っているが、これも流麗でいい歌である。清少納言をはじめ、あまたの才媛美女たちと浮名を流した貴公子の彼が、はるばる、みちのくに下り、そこで生涯を終えた悲運は人々の同情をそそった。彼は死後、歌の神となり、賀茂の橋本社に祀られて、歌人の尊崇を受けることになる。

彼の死にざまも、いかにも驕慢な貴公子らしい。実方が騎馬のまま道祖神の前を通ろうとしたところ、里人がこれを制して、これは霊験あらたかな神であるから、下馬してねんごろに拝してお通りなさるがよろしゅうございましょう、という。どういう神なんだ、と実方がたずねると、〈これは女神でいらっしゃいます。京は賀茂川原の西、一条の北の出雲路の道祖神のおん娘でいられましたが、親の許さぬ商人の男を愛して、勘当を受けてこの地に追放のおん身となられました。土地の者があがめて、女神としてここへお祀りしたという言い伝えがございます。この神に祈って叶わなんだことはございませぬ。あなたさまも早く都へお帰りになりたいとお思いでございましたら、ねんごろに再拝なさいませ〉

これを聞いた実方は、「さては此神、下品の女神にや、我下馬に及ばずとて、馬を打って通りけるに、神明怒りを成して、馬をも主をも罰し殺し給ひけり」（『源平盛衰記』）

――女神が京の道祖神の娘、というのを聞いて実方は尊崇するどころか、かえってやりばのない憤怒をおぼえたのであろう。女神に向って、ではない、自分を見舞った運命に対して。北山の峯にかかる白い雲。鴨川の清い流れ。宮廷の壺庭に降る雪。紫宸殿の前庭の桜吹雪。――京から離れて久しく、都恋しの思いは実方にはひとしおである。あれこれの鬱屈が噴出して、京にゆかりのある神をなつかしむどころか、なつかしさが却って反撥となったのであろう。激情家の彼はカッとして、つねにわが悲運をみずから招く。〈冗談じゃない、なんでこのおれが、道祖神の娘を拝まなきゃならんのだ〉と挑みごころになったのであろう。

西行はのち、このあたりを通りかかり、常よりやや違う趣の塚を見、地もとの人に問う。〈中将の墓〉と人々は答えたので、〈中将とは？〉〈実方中将のおんことでございます〉

——西行は、「いとかなしかりけり」と書いている（『山家集』）。おお、彼はここに眠っていたのか、……「さらぬだにものあはれに覚えけるに、霜枯れ枯れの薄ほのぼの見えわたりて」西行は歌を捧げる。「朽ちもせぬその名ばかりをとどめ置きて　枯野の薄かたみにぞ見る」

　芭蕉はむろん、西行の歌も、実方の故事も知っている。しかも村人に聞けば笠島の「道祖神の社、かたみの薄、いまにあり」というではないか。心ひかれつつ、ついに、よう行かなんだのである。志ならずに恨みをのんで世を去った、という悲しい宿命の人生は、芭蕉好みであったのに。

　私たちは芭蕉の代りに実方の墓に詣ることにした。仙台交通バス〈愛島〉ゆきが折よく前を走っている。タクシーはそのあとについてゆき、〈千賀農協〉のたてもので右へ曲ると、〈実方中将の墓〉と白い標柱がみえる。車を捨てて細い小径を分け入る。昼も暗いような竹藪の奥、一劃が切り開かれて、数基の石碑を左右に従えた、小高い墳丘がある。あるかなきかの高みで、周囲の木柵がなければそれと分らない。〈中将実方朝臣之墳〉の石碑も苔むして落葉に埋もれんばかり。

　稜のある石碑には、それぞれ、西行や実方の「桜狩」の歌など彫られてあった。仄暗い竹藪の奥ではあるが、清掃がゆきとどき、荒廃の感じはない。芭蕉がもし来たとしたら、その時は崩れた墳丘のみであったろう。

小径を辿って往来へ戻ると、ハウス栽培のビニールテントの近く、〈かたみのすすき〉の標柱があり、ひとむらの薄が茂っている。

エプロンをつけた農家のおばさんが、子供の手を曳いて竹藪の奥からやってくる。その人の話では、近在の人が集って〈実方さんのお墓〉を掃除するよし、近頃はこのお墓へ、バスを仕立てて参る人が多くなったと。ついでに〈かたみの薄〉を引っこ抜いてゆくので、中々ふえないという話。薄は根を張るので少々のことでは引っこ抜けるものではないのだが、ゆかりの薄とて、どこかへ移し植えようとするのだろうか。

〈花かつみ〉と同じく、ついに見なんだ薄は芭蕉を深くゆかしがらせたにちがいない。芭蕉はのちのちまで、実方の墓を見なんだことに心残している。曾良は旅日記に「行過テ不レ見」としるすばかり。

私は昔、清少納言を小説に書いたことがあったので（『むかし・あけぼの』角川文庫、文春文庫）、その縁で実方の墓を感慨深く思った。清少納言は、実方のことを『枕草子』にちょこっと載せている。恋仲といわれるにしては冷淡な書きぶり、もっとも清少納言は才気煥発の女なので、同じタイプの実方よりも、穏健着実の行成のほうが好きだったらしく、行成との友情を語る筆は温かい親近感にみちている。しかし実方は、下った先の陸奥では地許（じもと）の人々にたいそう敬われ、やさしくもてなされたそうである。

芭蕉は岩沼（いわぬま）（宮城県岩沼市）に宿り、歌枕として有名な武隈（たけくま）の松を見る。

「武隈の松にこそ、目さむる心地はすれ。根は土ぎはより二木（ふたき）にわかれて、昔の姿うしなはずと知らる。まづ、能因法師思ひ出づ」

武隈の松というのは、一本の幹からふたまた（二木）にのびたもの、古来から歌によまれ、その歌枕を珍重して、代々、恰好（かっこう）の松を植えつぎ植えつぎ、したものらしい。歴代の国司の中にはその松を伐（き）って名取川の橋杭（はしぐい）にした者もあり、歌枕をたずねてきた能因は、

「武隈の松はこのたび跡もなし　千年（ちとせ）を経（へ）てや我は来つらむ」とよんでいる。

江戸をたつ時、門人の挙白（きょはく）は芭蕉に餞（はなむ）けとして、「武隈の松見せ申せ遅桜（おそざくら）」とよむ。みちのく出身とおぼしい挙白は、武隈の松を知っていたのであろう、みちのくの遅桜よ、武隈の松をわが師に見せ参らせよ、という。

芭蕉はそれに対して、この地へ来て、

桜より松は二木を三月越し

——『奥の細道』中の句は、メモ代りという旅の句が多いが、この無季の句もその一つ、桜より私を待っ（松）ていてくれたのは、武隈の松だった、ふたもとになった松を、江戸を旅立ってより三月越しに、やっと見ることができましたよ。

古歌に、「武隈の松は二木を都びと　いかがと問はば見きと答へむ」——見きと二木のことばあそびを、芭蕉も踏んで、「二木を三月越し」としているのである。例の、俳諧風ウイットというもの、しかしこれは文中にはさんで活きてくる句である。独立して味わえる句もよいが、文の中によく消化れたメモ句も、旅日記としてたのしい。もっとも芭蕉としては連句の呼吸で創作し、彫琢しぬいた句を置いたのであって、決してメモ句ではないのだが。

国道4号線を北へ走って、私たちは岩沼（宮城県岩沼市）へ入った。ここには日本三稲荷の一つといわれる竹駒稲荷神社があり、その前の馬事博物館の通りを右へ、更に左折すると、往来に面して武隈の松がにょっきりと青空にそびえている。

ちょうどお稲荷さんの裏側になる。朱塗の派手な玉垣に囲まれ、〈二木の松〉の石碑を根元に据えている。この松は七代目の〈二木の松〉だそうで、地上一メートルばかりのところで美事に幹は「二木」に分たれ、そのどちらも暢達に亭々と生い育ち、奇木といってよいであろう。

お稲荷さん、竹駒神社は立派な社で、みちのくは、神社も仏閣も豪壮である。

商売繁昌、五穀豊饒を司るお稲荷さんはまた、子孫繁栄の守り神でもあるとみえ、赤ちゃんを抱いたお宮参りらしい晴着姿の一族を何組も見た。

ここの境内に、「桜より……」の芭蕉の句碑がある。

私はここで、陶器の狐を一つ買った。すると店の女の子に、これはお供えなので二つで一対であるといわれ、おみやげグッズではない、神聖な神具なのであった。お稲荷さんを拝むには油揚を買って供えなければならぬ。

私はここの、宝珠を前肢で押えている石の狐の台座に倚りかかり、開運招福のお守入おみくじを開いてみた。お守りは小さい金の亀、おみくじは〈運勢吉〉、開いて読んでいると、

〈仕事の所、どう書いてありますかっ〉

と妖子は興味しんしんで聞く。編集者としてはそうもあろう関心である。

〈仕事、っていうのはないわねえ。『商売』という項目はあるけれど〉

〈商売みたいなものではないでしょうかっ〉

〈『商売は利益あれど少し』ですってさ〉

さすがの妖子も虚をつかれて黙りこみ、前途多難の〈商売〉に思いをめぐらし、私の遅筆癖も思い合せ、一瞬不安に駆られたようにみえた。

5

芭蕉と曾良はいよいよ名取川を渡って仙台に入った。伊達六十二万石の城下町である。「あやめ葺く日なり」とあって、この日、五月四日。端午の節句の前日である。

ここで芭蕉は画工加右衛門（仙台の俳人、北野加之）が「いささか心ある者と聞きて、知人になる」。この人が、仙台近辺の歌枕を案内してまわった。宮城野の萩、木の下露、みな歌枕の地であるが、それも漠然としたものであるのに、加右衛門は、いちいち克明に考証し、芭蕉を迎えて勇んで案内したのであろう。芭蕉は仙台に四、五日とどまったが、加右衛門の案内する歌枕の地には感興湧かず、むしろ出立の日に、加右衛門が贈った餞別に風雅をみとめた。それは、「紺の染緒つけたる草鞋二足」であった。

「さればこそ、風流のしれ者、ここに至りてその実をあらはす。

あやめ草足に結ばん草鞋の緒」

草鞋の紺の緒をあやめに見立て、軒に葺くべきあやめを足に結んで、更なる旅へ出立しようという旅人のはやりごころをよむ。この句の口あたりのよろしさ。人への挨拶、山河への頌詞、風雅への愛想――芭蕉は憎らしいくらいうまい。

このとき加右衛門の餞別は、曾良の随行日記によると草鞋のほかに仙台名物のほし飯一袋、気仙郡の名産、海苔一包みであったという。道中の荷にならぬ心遣いの食料である。曾良はそのあと簡単に、「十符菅・壺碑ヲ見ル」としるすのみだが、仙台を出た芭蕉がまず感嘆したのは壺の碑のようであった。

そして私も、壺の碑を見て、最初のハイライトだと思ったのだ。ここを訪れたのは春。（実をいうと、那須を取材したその機会に、白河の関を越えるや、安達原から長駆、東北自動車道を北上して松島へ車を飛ばしたのであった。この旅が最もハードだった。途中、抜かした飯坂温泉は、あとで秋になってから行ったというわけである）

壺の碑（宮城県多賀城市市川）は多賀城（陸奥の国府）跡にある。いまそこを訪れると芝生や石段で立派に整備され、奈良朝の東北鎮守府の偉容が想像される。それにつづく丘陵に桜や椿が咲き誇り、ゆるやかな小高い丘の頂きに瓦葺き四面格子作りの覆堂がある。

格子に顔を近付けて目を凝らすと、これが芭蕉の感嘆した壺の碑である。

もっとも、古来の歌枕〈壺の碑〉は更に北、青森県上北郡にあったといい、坂上田村麻呂が、ここは日本の中心であると、弓筈で彫りつけたといわれるが、現在まだそれは発見されていない。江戸時代に発掘された多賀城碑が、その壺の碑であると、当時の人々には思われたようである。

芭蕉の頃には覆堂はなく、あたりも無論整備されておらず、草木の茂る野中か、あるいは往来から入った畠中でこの碑と対面したのであろうか。苔を払いつつ、目を近づけ指でなぞり、曾良と碑文をたしかめつつ読んだのであろうか。心悸のたかぶりを抑えかねるような名文である。

「壺碑は、高さ六尺余、横三尺ばかりか。苔を穿ちて、文字かすかなり。四維国界の数里を記す。『この城、神亀元年、按察使鎮守府将軍大野朝臣東人の置くところなり。天平宝字六年、参議東海東山節度使同じく将軍恵美朝臣朝獦の修造なり。十二月朔日』とあり。聖武皇帝の御時に当れり。昔より詠み置ける歌枕、多く語り伝ふといへども、山崩れ川流れて道あらたまり、石は埋れて土にかくれ、木は老いて若木にかはれば、時移り代変じて、その跡たしかならぬことのみを、ここに至りて疑ひなき千歳の記念、いま眼前に古人の心を閲す。行脚の一徳、存命の悦び、羇旅の労を忘れて、泪も落つるばかりなり」

格子戸に顔をおしつけてうかがうと、碑面の字はよく見えた。うららかな春の光があふれているせいと、四面格子なので、堂内はかなり明るいのである。

「多賀城　去京一千五百里
　去蝦夷国界一百廿里
　去常陸国界四百十二里
　去下野国界二百七十四里
　去靺鞨国界三千里……」

多賀城は京を去ること一千五百里……。これは日本最北端の砦なのであった。蝦夷や靺鞨が出てくるところ、当時の日本の対外前線基地という緊迫感がみなぎっているではないか。常陸や下野がとりあげられているのは、この地方から徴発された男たちが、辺境の砦を守る兵士となっていたのか。上部に〈西〉とあって、細字の楷書、今なお読みやすい。天平宝字六年は七六二年、恵美押勝が正一位を授けられ、権力の頂上へ昇りつめたころ。昇りつめると、あとは下るしかない。二年後、恵美一族は失脚し、誅殺される。朝獦はその息子で、恵美押勝とは藤原仲麻呂のことであるのはいうまでもない。

そして天平宝字六年十二月一日は、また、朝獦が参議になった晴れの日でもあった。節度使であり鎮守府将軍であり、更に参議の顕職を兼ねた若い貴公子・朝獦が「ある種の誇りと不安をもってこの碑をつくったにちがいない」と梅原猛氏はいわれる（『奥の細道』学習研究社刊）。不安というのは、あまりに一家に集中しすぎた権力と富への、一抹の不安である、と。

この碑がにせものだという論があるが、私がこの碑から受ける感じは、圧迫感だった。本物の持つ存在感というか、気韻のようなものに打たれたのである。天平宝字の字がなんと慕わしいことだろう。

芭蕉は文字の霊力を信じ、言葉の永遠性を信ずる人である。詩人として当然のことであろう。そして私もまた、〈文字が後世に残る〉ことに、感動したのだ。「古人の心を閲」し得たことに快い戦慄をおぼえたのだ。

梅原氏は碑面の文字に於ける歴史的事実と政治状況から、「この碑は真実である可能性が、偽物である可能性よりもはるかに多いと思われる（中略）私はこの碑文はけっしてにせものではないと思う」といっていられる。私は石碑の存在感に圧倒されて本物だと思った。中山義秀氏は『芭蕉文集』（日本古典文学大系　岩波書店刊）の月報に、「壺の碑」と題して短い文章を書いていられる。私がそれを偶然読んだのは取材後である。氏はそのかみ若かりし日、芭蕉が多賀城碑（壷の碑）を見て感動したのを「嘲つたことがあつた」と。それは「多賀城碑は、じつは後世になつて偽造された贋物だといふ、井上通泰博士やその他の人達の説を信じたためである。井上博士の多賀城碑によると、博士はこの碑を一見したこともなくて、その真偽を考証してゐる」

中山氏もその時点でまだ見ていられなかった。

しかしそののち、はじめて多賀国府跡を訪れ、

「多賀城碑をみて愕然となつた。

偽作か贋造かは知らず、その碑の姿の雄偉さに圧せられたのである。（中略）

私はその後末梢事にこだはつて、物の本体に直面しない、通泰の徒の論説を、一切信じないことにした。感動は真贋などといふ観念から、隔絶した別箇の作用だ。

これには証明を要しない。それと同じく傑作といふものも、具眼の士にばかり解るといふやうなものではなくて、存在そのものがいや応なく、相手をひつとらへて征服してしまふ。うちに巨大な、不朽の生命をたゝへてゐる所以からである。

芭蕉の直感は、あやまらなかつた。彼は純粋の感情を唯一の尺度にして、万象をはかつてゐる」

中山氏のこの文章を読んだとき、私がどんなに心強い思いをしたことか、また、梅原氏のお説にどれほど支えられたことか、察して頂きたい。

司馬遼太郎（しばりょうたろう）氏の『街道をゆく』（二十六　朝日新聞社刊）中、「千載古人の心」にもこの多賀城碑と、碑文中にある大野東人について言及されている。東人（？～七四二）は多賀城における初代の鎮守将軍で、辺境経営に心を砕き、徳望高かった名将である。

司馬氏はこの碑を実見されて、その真贋（しんがん）につき、

「私は素人だから、こういう議論の仲間入りをする気もない。しかし碑文の文章をながめているかぎりでは、わざわざ後人が偽作したとはとても思えない。

万に一つ、江戸期あたりの贋作者の作であっても、大野東人という、人の記憶からわすれられた人物を顕彰してくれたことがありがたい」

といっていられる。更にもう一つ、氏がその碑文で、「気に入っていることがある」とされるのは、多賀城の位置についてしるしてあるくだり、最後に「靺鞨（まっかつ）国界ヲ去ル三千里」という一行である、と。

「靺鞨とは、現在の中国東北地方とソ連領沿海州にあったツングース系の国のことである。いかにも大野東人や藤原朝獦の時代の国際環境が、この一行を加えられることで彷彿（ほうふつ）としてくるではないか。ただし、奈良朝のことであれば、当然記入すべきことだったかもしれ

ない。偽作とすれば、江戸期の人にこういう感覚があるだろうか」

要するにこの壺の碑は、二重の誤解が重なって（つまり、本物の壺の碑はまだ発見されておらず、これは多賀城碑であり、しかもその多賀城碑も真実に天平宝字六年の建立ではなく、後世の贋造であるとする説があること）何となくうさん臭い印象を与えるとみえ、『奥の細道』のあとを辿る人もこの碑は割愛するようである。

しかし、ぜひこの碑は一見して頂きたい。「泪も落つるばかりなり」という芭蕉の感動をなぞってほしい。朝獦という若者の命は瞬時に消えても、心は「千歳の記念」に残った、その感慨を味わって頂きたい。

あたりの風趣も清らかに寂しく、ひろびろした古代の城あとは芝生に掩われて、桜吹雪が散っている。立ち去りかねるようなところであった。このみちのくの、悲しいまでに青い空は、芭蕉より前に、坂上田村麻呂が、大野の東人が、藤原朝獦が見た空なのだ。まだ誰も知らぬはるか往古の日本史の、開かれていないページの匂いを嗅ぐ気がする。

この壺の碑に比べれば、芭蕉がそのあと訪れた野田の玉川・沖の石、末の松山などの歌枕は、こしらえものという感じで、ただの奇観である。

末の松山はよく知られた古歌「君をおきてあだし心をわが持たば　末の松山波も越えなむ」で有名だが「松のあひあひ、みな墓はらにて」と芭蕉の書いた通り、末松山宝国寺

（多賀城市）の墓地を抜けた裏の丘である。立派な松で、あたりには椿がおびただしく散っている。

芭蕉はその夜、盲目の琵琶法師の語る、「奥浄瑠璃」を聴く。

「平家にもあらず、舞にもあらず。ひなびたる調子うちあげて、枕近うかしましけれど、さすがに辺土の遺風忘れざるものから、殊勝におぼえらる」

都ぶりの平家琵琶でもない、幸若舞でもない、辺土の伝統の音曲であるところに、芭蕉は旅情をおぼえる。法師の声も塩辛声であったろう。もはや塩竈である。

つわものどもが夢のあと

1

関西では散っていた桜が、塩竈ではまだ五分咲きである。

塩竈神社のめでたさを何にたとえよう。明朗でそれでいて粛然と神々しく、塵外境の清浄地でありながら瑞気あふれてうるわしい。

日本の、もっともみごとな神社の一つではないかと思われる。陸奥の国の一宮、朱塗の柱に白壁、古びた塩竈桜の巨木に、八重の花びらはまだ五分咲きで、玲瓏たる風趣である。

芭蕉の文章は漢文調に威儀を正しているが、よくその風情を伝える。

「早朝、塩竈の明神に詣づ。国守再興せられて、宮柱ふとしく、彩椽きらびやかに、石の階九仞にかさなり、朝日朱の玉垣をかかやかす。かかる道のはて、塵土のさかひまで、神霊あらたにましますこそ、わが国の風俗なれと、いと貴けれ」

桜の花の精のようなお巫女(みこ)さんたちが社務所からわらわらと現われ、

〈あのー〉

と声をかけた。何だろうと思ったら、声を合せて、

〈サインして下さい〉

というのであった。白い小袖(こそで)に緋(ひ)の袴(はかま)、清浄無垢(むく)でしかも派手なよそおい、私は清らかで派手というのが好きなので、白と赤という取り合せが一ばん、と思っている。みちのく乙女らしく、肌は雪のようで、黒髪は素直に長く背に垂らし、首すじで結んでいるが、紅白の奉書紙で巻いて金色の水引でむすぶという、気高くあでやかな姿。どの子もとりどりに美しく、私は快くサインに応じることにする。

亀さんは私たちを並ばせて記念写真をとり、妖子はてきぱきと、

〈あとで送ってあげますからねっ。お名前はっ〉

と聞いていた。彼女らは何かいうと、みなどっと声をあわせて笑い、山も海もどよむばかり。

ひい子は冷静に個人的興味の発するままに、

〈その着物は夏も冬も一緒ですか〉

なんて聞く。冬もこのままだが、下に着込むとのこと、ひい子は更に、

〈寒いでしょう? ここの冬は〉

〈はい、寒いです〉

そんな、何でもない受けこたえに、また、美しいみちのく娘たちはどっと笑う。紅白の奉書紙と金の水引で髪を束ねるのは自分ではできにくくて、お互いに結い合う、とのことだった。

芭蕉の来たときも、美しい巫女さんたちがいたのだろうか。彼女たちと交歓したおかげで、芭蕉がここの神前の神灯の鉄の扉に「文治三年和泉三郎寄進」という文字をみつけて感激した、その神灯を見るのを忘れてしまった。和泉三郎は義経に与して、兄泰衡に討たれている。「勇義忠孝の士なり」と芭蕉はいう。義を守って死んだ男たちに、芭蕉は思入れがふかい。

さて、いよいよ松島である。旅立ちのときから「松島の月まづ心にかかりて」と期待した日本三景の一で、実際に来てみて芭蕉は魂を奪われ、雄大な景にまず、気をのまれる。ちょっと遊覧船のスピーカーから流れるガイドの名調子、という文章であって、さきの壺の碑とはおもむきを異にする。——この風光から芭蕉が一句もできなかったのは、当然と

いう気がしないでもない。これは奇観であるが、自然の造化の妙に好奇心を刺激されるというていのものであろう。

「そもそも、ことふりにたれど、松島は扶桑第一の好風にして、およそ洞庭・西湖を恥ぢず。東南より海を入れて、江のうち三里、浙江の潮をたたふ。島々の数を尽して、欹つものは天をゆびさし、伏すものは波にはらばふ。或は二重にかさなり三重にたたみて、左にわかれ右につらなる。負へるあり抱けるあり、児孫愛すがごとし。松の緑こまやかに、枝葉潮風に吹きたわめて、屈曲おのづから矯めたるがごとし。そのけしき窅然として、美人の顔を粧ふ。ちはやぶる神の昔、大山祇のなせるわざにや。造化の天工、いづれの人か筆をふるひ、ことばを尽さむ」

漢文調を下敷きにした文章でなくては、この景観に相応しないのかもしれないが、重い足どりで俳諧師の軽みがない。このあと芭蕉は夜景を賞する。入江の宿に泊って松島をながめる。「月、海にうつりて昼のながめまた改む。江上に帰りて宿を求むれば、窓をひらき二階を作りて、風雲の中に旅寝するこそ、あやしきまで妙なる心地はせらるれ」曾良の句として「松島や鶴に身を借れほととぎす」がしるされるが、この句も難解句の一つ。松島の美景に対し、ほととぎすの、鳴き声はよいが姿が今一つ、同じくは高雅な鶴の毛衣を借りよ、ということであろうが、古歌に千鳥が鶴の毛衣をきるということがあり、(「千鳥もかるや鶴の毛衣」)そこから取ったらしい。これも曾良の句となっているが、芭蕉の作らしい。「予は口を閉ぢて、眠らんとして寝ねられず」旅立ちのとき素堂たちが贈ってくれた松島の詩歌を「今宵の友」として読んだりした。

私たちはこの松島の美景をホテルの展望大浴場から見た。お湯に漬かってみる松島は大景観というにふさわしく、緑の小島が大小いくつとなく点々と撒かれたさま、地上人工の猥雑なものが見えないのがよい。もしそれ、浜辺へ下りてみるならば、あやしき遊覧施設のかずかず、団体旅行の喧騒にみちている俗流観光地なのである。

このホテルのフロントロビーには、かのテレビドラマ、〈独眼竜政宗〉の名場面の写真パネルが展示してある。ホテルだけではない、町あげて、いや仙台周辺、いまだに〈独眼竜政宗〉色が濃い。酒、こけし、Tシャツ、短パンツ、などおみやげグッズに、たいてい、独眼竜何々というのがあった。アイパッチ男の大氾濫、このへんの人々は政宗を心のよりどころとたのんでいる風情である。

瑞巌寺も何組もの観光団体、修学旅行団体であふれかえっており、私は一見するまでもなく逃げ帰ってしまった。

2

芭蕉はそのあと石巻・登米を経て平泉へ着いている。

「三代の栄耀一睡のうちにして、大門の跡は、一里こなたにあり。秀衡が跡は、田野になりて、金鶏山のみ形を残す。まづ、高館にのぼれば、北上川、南部より流るる大河なり。衣川は、和泉が城をめぐりて、高館のもとにて大河に落ち入る。泰衡らが旧跡は、衣が関を隔てて、南部口をさし固め、夷を防ぐと見えたり。さても、義臣すぐってこの城にこもり、功名一時の草むらとなる。『国破れて山河あり、城春にして草青みたり』と、笠うち敷きて、時のうつるまで泪を落しはべりぬ。

夏草や兵どもが夢の跡

卯の花に兼房見ゆる白髪かな　曾良」

まさに『奥の細道』世界の感動の一つのピーク。

芭蕉は造化の妙という美観にたたずみ、歌枕における古歌とわが詩魂のハーモニーを試みるよりも、歴史のあとにたたずむほうが昂揚をおぼえるらしい。芭蕉は人間に興味尽きない芸術家である。人間の生死と運命、その軌跡を俯瞰したとき、詩情は躍動し、「泪を落」さないではいられない。「夏草や兵どもが夢の跡」は、かくて芭蕉一代の絶唱となった。

三代の栄耀とは、いうまでもなく、陸奥の覇者、藤原清衡、基衡、秀衡の築いた栄華である。秀衡は金売吉次に連れられて平泉へ庇護を求めてきた源義経を、その膝下で愛育する。義経が兄頼朝の旗上げに応じてはせ参じ、平家討滅を果しながら、頼朝と確執が生じて追われたとき、逃げこんだのも秀衡のふところであった。まもなく秀衡は死ぬが、義経を守って戦うように、頼朝の甘言に迷わされぬように、と嫡子の泰衡に遺言したのに、泰衡は頼朝に通じて義経を討ち、のち、自分も討たれて死ぬ。藤原の栄華は三代で滅んで、豪壮な居館は田野にかえってしまった。

芭蕉は『平家物語』や『義経記』、謡曲などで、義経の生涯、奥州藤原氏の栄枯を知り尽くし、なみなみならぬ共感を、滅びゆきしものに寄せていた上に、みちのくを旅して、どんなに人々が、この地へ流浪して果てた義経を愛しているかを知ったに違いない。また、佐藤継信・忠信兄弟の信義を、どんなに誇らしく思っているかも。

それらの激情が一挙に噴出して、「夏草や……」という句にこめられたのであろう。

私が平泉へ着いたのは六月二十九日好晴の日、（実をいうと、芭蕉と反対のコースで山形から岩手県へと入ったのであったが）平泉町（岩手県西磐井郡平泉町）は緑一色だった。芭蕉がここへ来たのは五月十三日、これは陽暦六月二十九日であるから、ぴったり同日に訪れたわけである。芭蕉の来たときは、梅雨の晴間である。前日の、合羽も通るほどの雨もあがり、折々陽もさしたという。

東北本線の平泉駅から遠からぬ所に〈伽羅の御所跡〉の説明板がある。秀衡の居館跡だったが、ここから遠からぬ〈柳の御所跡〉とともにあとかたもなく田畑と民家になってしまっている。

そこから北へいくと義経の居館あとという高館、石段を登ると太い幹の老杉に囲まれて風が涼しく、眼下に北上川が一望できる。北上川は濃い緑に縁取られつつ、両岸に田畠の拡がりを擁して、ゆったり流れている。

丘の上の小さい義経堂は義経の木像を祭っているが、これは芭蕉の来たときにはない。彼方に見えるのは束稲山。

芭蕉の見た北上川を、私たちも見おろす。「義臣すぐつてこの城にこもり、功名一時の草むらとなる」――義経の最期は芭蕉の脳裡に鮮かに顕ったことであろう。

泰衡の軍二万余騎に囲まれ、義経を守る兵はついに弁慶はじめ八騎ばかりになる。「命をば君に奉る。今思はず一所にて死し候はんこそ嬉しく候へ。死出の山にては必ず待ち給へ」という真情の家の子郎党ばかりであった。自害しようとする義経を守って弁慶は戦っていたが、「限にて候程に、君の御目に今一度かゝり候はんずる為に参りて候」今生の名残りにもう一度会いたいと弁慶は義経に会いに立ち戻り、さらばとて、別れの歌をよむ。

「六道の道の衢に待てよ君　後れ先立つ習ひありとも」

義経は「後の世も又後の世も廻り会へ　染む紫の雲の上まで」と返した。弁慶は声を立てて泣いたという。

そうして敵中へ取って返し長刀を振るって敵の首を刎ね落し、叩きおとして奮戦する。鎧に矢を立てられ、それが風に吹かれるさま、「武蔵野の尾花の、秋風に吹きなびかるゝに異ならず」。長刀を逆さまに杖に突き、仁王立ちに笑って立っていた。

敵は恐れてどっとしりぞく。

弁慶は立ったまま死んでいたのだった。義経が自害する間、敵を寄せじと、死んでも守っていたのである。

義経の北の方と若君は、北の方の傅人、兼房が「鎧の袖を顔に押当てて、さめ〲と泣き」ながら刀で刺し通した。最期を見とどけたあと、兼房は館に火をつけ、猛火の中で敵を薙ぎ払いつつ死んだ。年六十六という。卯の花は兼房の白髪を思わせる、という曾良の句は、忠義の老臣への鎮魂である。

弁慶。兼房。義経。

眼下の北上川は昔に変らず流れ、蒼穹は永遠に青いが、すべては夢、ただ彼らの残した一片の丹心の歌は、今も梢の風とともに人々の耳を過ぎゆく。

風の涼しい高館跡を下りると、街道のそばに〈卯の花清水〉と名づける湧水があり、曾良の「卯の花に……」の句碑があった。サイクリングの高校生たち、女生徒も男生徒も、清水を手にうけて咽喉をうるおしていた。句碑の裾には、ピンクのつつじの花が咲いている。

衣川古戦場、という標柱のあたりは一面の青田、クローバ、たんぽぽ、きつねのぼたん、のじぎくが畔にむれ咲いていた。柳御所跡で中学生たちがたくさん作業をしていたのは、発掘のお手伝いでもあったのだろうか。

平泉にはわんこそばがある。秀衡塗りの小さい美しい椀にほんの一口ずつ盛られて出てくる。薬味は鮪の山かけ、なめこおろし、筋子、かつおぶし、のり、葱などを、たれをくぐらせたそばと交ぜて一口に食べる。食べたわんこを積みあげてゆくが、私は善戦して十六杯、妖子は珍らしく奮わず十二杯、ひい子は二十四杯、亀さんは実に四十四杯であった。このわんこそばは美味で、私は上方者らしく、うどんも好きだが、そばも好きであるから、東北の旅に苦をおぼえたことはない。わんこそばの店で求められて書いた腰折は、風青き平泉の町に思い出とともに重ねるわんこそばかな。

3

中尊寺へ芭蕉は参詣し、金色堂を拝観する。「七宝散りうせて、珠の扉風に破れ、金の柱霜雪に朽ちて、すでに頽廃空虚の草むらとなるべきを、四面あらたに囲みて、甍をおほひて風雨をしのぐ。しばらく千歳の記念とはなれり」――その旧鞘堂はとりのけられ、現代は新しくコンクリートの鞘堂に納まっている。

中尊寺は天台宗の東北大本山、参詣客も観光客も多いが、しかし思ったような喧騒はなく、参道の老杉の森厳がもろもろの雑音を吸いとるかに思われる。あるいは地の広闊、大気の清朗が俗塵を吹き払うのであろう。清らかな名刹である。

国宝の金色堂へ入ると説明が自動的に流れていて、ガラスのスクリーンをへだてて内陣を拝観できるようになっている。昭和の復原大修理は六年かかって昭和四十三年に完成し、現在は創建時そのままの、見るもまばゆい金箔燦爛の極楽浄土を現出している。清衡が十六年かかって、藤原一族の富と文化をかたむけて作りあげたという、さながら一顆の珠玉のような美術建造物である。天井の金色もさりながら内陣の四本の巻柱には螺鈿の夜光貝がきらめき、須弥壇の孔雀や草花のデザインもデリケートで優美である。（その底部には藤原三代の遺体がミイラとして安置されている）

内陣に据えられた黄金の仏たち。中央は本尊阿弥陀如来、左右に観音・勢至の二菩薩、その他、さまざまの仏。――もしこのお堂が伝世しなかったなら、みちのくにこんな極楽浄土が現出したなんて、とても信じられなかったことだろう。藤原一族は文化人であり、趣味ゆたかな教養人であり、力と富の使いみちを知っていたのだ。

更に願わしいとすれば、藤原三代、約百年の文化を書きとどめる〈書き手〉がもしいたら……ということである。秀衡は義経が再度、下ってきたとき、北の方のために「容顔美麗にこころ優なる女房達十二人、その外下女半物にいたるまで、整へてぞ付け奉る」（『義経記』）とある。こころ優なる女房達のなかに、みちのくの豪奢を書き伝えてくれる才媛がいなかったのは憾みであるが、あるいは頼朝の奥州追討の兵火に焼失したかもしれない。

芭蕉はここで「五月雨の降り残してや光堂」の句を残す。歳月にも朽ちず光きらびやかに残った栄華の跡を芭蕉は五月雨が降り残すと表現する。芭蕉の観た時はかすかな金箔の鈍い輝きさえ、想像力と詩魂で増幅されて感動的だったのであろう。ちょうどこの年、元(げん)禄(ろく)二年（一六八九）は、平泉滅亡の文治五年（一一八九）より、五百年のちであった。

　その句の句碑が、金色堂を出た左手にある。

それを眺めていると、金色堂から二人の青年僧がばらばらと走り出て来た。作務衣(さむえ)の青年僧たちは、はにかんで、卒爾(そつじ)ながら……という風に私の名を聞き、取材ですか、と物珍らしそうだった。亀さんが青年僧らに指でカメラをさす。写真を撮ってあげましょうか、というのである。亀さんは、カメラは饒舌(じょうぜつ)にパチパチととるが、ご本人はいたって寡黙である。その分、妖子が機敏に代弁する。

〈ご一緒に写真をお撮りしましょうか？　経蔵の前で並んで下さいっ〉

えっ、いいんですか、と二人の青年僧はかたくなって、私を挟んで、亀さんのカメラの前に並ぶ。塩竈神社のお巫女(みこ)さんたちのときは私もリラックスしたけれど、みちのくの中尊寺の美僧二人にかこまれて、私はあがってしまい、青年たちに劣らずはにかんでしまう。

　妖子は一向、かたくも柔かくもならず、

〈あとでお送りしますから、アドレスをお書き下さいませっ〉

　と青年僧にボールペンと手帖(てちょう)を渡した。背の高いほうの人がどぎまぎしつつ受け取り、

〈岩手県平泉町……〉と、中尊寺の住所を書きはじめると、妖子はじれったげに、

〈それはわかってますっ。部署とお名前をお書き下さいませっ〉

〈は、あの、部署、といっても別にないんですが……〉

としどろもどろにいいつつ、中々よい字で名前を書き、妖子に返して、茫然としている。

〈キャップ！〉

と妖子はいい、青年僧は、

〈は？〉

〈ボールペンのキャップをお返し下さいませっ〉

〈あっ。すみません……〉

私は、何か、私の本に関する話でもしようと思ったら、そこへ旗を持って観光客の団体を引率した少女ガイドが、〈××さあん〉と青年僧の名を呼び、二人は、引きとめた詫びと礼をいって、あたふたと金色堂へ駆けていった。

〈すてきなお坊さんたちやこと。——黒の作務衣を着て、りりしかったわ〉

私はうっとりといったが、ひい子は冷静に、

〈なにが黒なものですか。大珍念は水色、小珍念はグレイでしたわよ〉

二人は大珍念、小珍念にされてしまう。

〈えーっ。黒じゃなかったっけ？〉

〈いいえ、作務衣は水色とグレイでした、あとでカラー写真ができたらわかります。いいトシをしてても、のぼせることもあるんですね。賭けます？　千円〉

この賭けに私が勝ったか負けたか、読者のご想像に任せる。私は中尊寺のおみやげに、金に黒で孔雀を摺った絵馬を求めた。金色堂の須弥壇に描かれたもの。仏教では孔雀は、心の毒虫をついばむ鳥、と考えられているそうである。

芭蕉の「夏草や兵どもが夢の跡」の句碑は毛越寺にある。この庭園は王朝の遺構としては日本で唯一つ、しかも最も大きく、閑雅で豪宕、五百円の拝観料を払って見る価値は充分ある。藤原一族の建てた七堂伽藍の昔の姿はないが、ともかくみちのくの王者たちの気宇はまことに広大であったらしい。池にあやめの咲く毛越寺で私は「夏草や……」の拓本を買った。毛越寺本坊の山門を出ると向いに〈夏草だんご〉の看板があがっている。

真夏のように暑い。

羽黒山の三日月

1

「南部道はるかに見やりて、岩手の里に泊る。小黒崎・美豆の小島を過ぎて、鳴子の湯より尿前の関にかかりて、出羽の国に越えんとす。この道、旅人まれなる所なれば、関守にあやしめられて、やうやうとして関を越す。大山をのぼつて、日すでに暮れければ、封人の家を見かけて宿りを求む。三日風雨荒れて、よしなき山中に逗留す。

蚤 虱 馬 の 尿 す る 枕 も と」

尿前の関（宮城県玉造郡鳴子町　現・大崎市鳴子温泉尿前）は陸奥と出羽の国境に近い出羽街道の要衝で岩出山藩の関所、取締りきびしい番所だったらしい。

尿前の関は、現在何もなくて〈尿前の関跡〉の説明板があるのみ、(陸羽東線・鳴子温泉駅から西北二キロである)山道に昼なおくらい杉林があってその前に、「蚤虱……」の句碑がある。

川の向う岸は鳴子温泉のビル街である。

芭蕉らはこの関から出羽街道中山越をして、出羽の国、新庄領の堺田にたどりつく。日が暮れたので、封人(国境の番人)の家をみつけて一夜の宿を所望する。ところが三日間風雨荒れて、つまらぬ山中に逗留したという。

この封人の家がいまに復原されて堺田にある。(陸羽東線・堺田駅。国道47号線沿い)代々庄屋を世襲してきた有路家のことだという。三百年経たおもかげをそのまま残し、重文に指定されている。

建物の左手に「蚤虱……」の句碑がある。入口を入った右手が土間につづく廐で、左手に座敷や納戸があり、建坪八十一坪という堂々たる民家である。この有路家は世襲の庄屋であり問屋であり旅宿であり、熱心な馬産家であったよし。頑丈な造作のたてものだ。一つ屋根の下で馬と寝ていたのでは、たとえ座敷は土間から遠く離れていたとしても、激しい馬の尿の音は寝耳を驚かしたであろう。

辺土の旅、という気がそぞろに芭蕉を侘びしがらせ、それがまた一転して、

〈これも一興〉
と思わせたかもしれぬ。〈野宿よりましか……〉もとより、梅雨の季節、野宿はできかねるけれども、芭蕉の旅なら風月を友として、一夜二夜は野宿もあるかと私は思っていた。しかし、芭蕉は、野に寝ね、小川の流れを掬ぶ、ということはしていないようである。

　突飛なようだが、松原岩五郎の『最暗黒の東京』（岩波文庫刊）に、明治二十年代の東京最下層社会のルポルタージュがある。新聞記者・松原岩五郎は単身、身をやつして浮浪者をよそおい、貧民窟探究のため、木賃宿に泊る。旅芸人、行商、巡礼など入れこみで一張の蚊帳に十人以上押しこまれ、「何かは以て耐るべき」という。蚤虱、蚊の襲来、汗と悪臭と熱気でむれて、覚悟していたこととはいえ、松原は意気地なくも一睡もできなかったという。これ位なら野宿のほうがましかと思ったが、やがて知る、人は野宿はできぬものだ、と。鬼のような腕、鋼のような体の日雇取や土方すら、三度の食事を抜き、着物を買わずとも毎夜三銭の木賃を払って宿へ泊るのである。たとえ蚤虱、蚊、悪臭、苦熱にせめられようともまだ野宿よりはよいと。野宿して、「三更星を侶として寂寞の天地に身を沈むるは永く耐べき事にあらず。かつまた蚊軍蚤軍に襲撃さるるの苦は随分苦なりといえども、野に臥して深更、蛇、蝦、蟇等に枕席を捜らるるの気味悪きに比すれば、敢て酷だしき苦痛にあらざるべし」

松原はかつて西行・芭蕉の漂泊を夢み、やがては自分も、笠と杖を手に旅を、と楽しみにしていたが、いや、やっぱり「片山里の独り住も飢てはさすが詩も神髄に入るを得ず」と発見している。

精神的野宿と現実のそれを、松原は身を以て知る。

「たとえ、よもすがら池をめぐりて明月のあざやかを見るとも常に我が庵なく我が臥床なくして奚ぞ美景の懐ろに入るべき。西行も三日露宿すれば坐ろに木銭宿を慕うべく、芭蕉も三晩続けて月に明さば必らずや蚊軍、蚤虱の宿も厭わざるに至るべし」

——そういえば路通がはじめ、この旅の同行者に予定されていたのに、急に曾良に代ったのは謎とされているが、路通は乞食もしたといわれる男、箍のはずれたようなアナーキーな生き方に、芭蕉は遠路の旅の同行者として心許なさをおぼえたのではなかろうか、路通なら野宿も平気ではないかという気もされる。

そこへくると曾良は旅日記に、郡山に泊って「宿ムサカリシ」(穢なかった)、福島に宿して「宿キレイ也」と書きつけるような男だから、日常次元に庶民感覚を持っているようである。芭蕉はその感覚を信頼したのかもしれない。「菰かぶるべき心がけ」といいつつ芭蕉は現実にはそれをしない。

ともあれ、蚤虱と、しのつく馬の小便の騒音に悩まされたとはいえ、この〈封人の家〉

は地方の民家として中々豪壮で、山形県最上町は、芭蕉ゆかりの留杖の地として、この家を大切に修理復原しているのは〈やさしきこと〉である。

2

五月十七日に至って曾良の随行日記によれば「快晴。堺田ヲ立」いよいよ難路・山刀伐峠を越えて尾花沢へ向おうというのである。ところが現代では山刀伐トンネルができ、車で楽々と尾花沢へいける。峠にはぶなの原生林が残るが、遊歩道がととのえられている。頂上に山刀伐峠の碑（加藤楸邨書）があるのだが、この山道は私は割愛して、亀さんと妖子が写真をとるため登っていった。

ナタギリというのは、元来山人がかぶる笠で、ここの地形が似ているためという。山刀伐峠越えのくだりは名文で、『奥の細道』中の圧巻ともいえよう。封人の家のあるじは道案内をつけよとすすめる。

「あるじの曰く、『これより出羽の国に、大山を隔てて、道さだかならざれば、道しるべの人を頼みて越ゆべき』よしを申す。『さらば』と言ひて、人を頼みはべれば、究竟の若者、反脇差をよこたへ、樫の杖をたづさへて、われわれが先に立ちて行く。今日こそ必ずあやふきめにもあふべき日なれと、辛き思ひをなして、うしろについて行く。あるじの言ふにたがはず、高山森々として一鳥声聞かず、木の下闇茂りあひて、夜行くがごとし。雲端につちふる心地して、篠のなか踏みわけ踏みわけ、水をわたり、岩につまづいて、肌につめたき汗を流して、最上の庄に出づ。かの案内せし男の言ふやう、『この道必ず不用のことあり。つつがなう送りまゐらせて、仕合したり』と、よろこびて別れぬ。あとに聞きてさへ、胸とどろくのみなり」

――「不用のこと」、というのは山中の追剥のことでもあろうか、緊迫感がある文章だ。それだけに尾花沢（現代はオバナザワだが、江戸時代はオバネザワといったよし）に着いたときの安堵感と、人なつかしさは殊更であった。

「尾花沢にて、清風といふ者を訪ぬ。かれは富める者なれども、志いやしからず。都にも折々かよひて、さすがに旅の情をも知りたれば、日ごろとどめて、長途のいたはり、さまざまにもてなしはべる。

涼しさをわが宿にしてねまるなり
這ひ出でよ飼屋が下の蟾の声
眉掃を俤にして紅粉の花
蚕飼する人は古代の姿かな　曾良」

清風・鈴木八右衛門はこのとき三十九歳、尾花沢の富商であった。金融業者でもあり、特産物の買継問屋であり、(特に米や紅花。紅花大尽とも呼ばれていた) 輸送業者でもあった。(最上川の舟便による) そのほか新庄藩や山形藩の大名貸もしていた。その上、若いときから商用で旅も多く、世間も広く見、当時の商人たちの間で流行した俳諧を早くから学んでいたらしい。三十代ですでに三冊の撰集を出しているところを見ると、俳人たちとの人脈も多く全国的な俳壇で重きを成していたのであろう。

以前に江戸で芭蕉と俳諧の一座をし、面識もあった。

芭蕉が「富める者なれども、志いやしからず」としるしたのは、清風の人となりにじかに接して、そういう感触を受けたからであろう。清風は二人をいたわり迎え、
〈よくおいで下さいました。どうぞごゆっくり、おねまりください〉

と満面に笑みをたたえたことであろう。

〈ねまる、とは？……〉

〈ははは、これは失礼しました、この地方の方言で、くつろいですわることでございます〉

涼しさをわが宿にしてねまるなり——自宅にかえったようにくつろいで、この涼しさをたのしみましたぞ。

あるじの心あついもてなしに、芭蕉は挨拶する。芭蕉たちは結局、尾花沢に十泊ばかりも滞在した。もっとも、清風宅だけでなく、その頃ちょうど修造されたばかりの近くの養泉寺にも滞在した。涼しさの句の句碑が、この養泉寺にあり、涼し塚と称している。

いまの尾花沢はしんとした田舎町で風が涼しい。まず養泉寺へ行ってみると、まことに小さい素朴な寺、明治に焼失して、天台宗の格式高かった昔日の俤を失っている、という。涼し塚は木陰の涼しいところに、格子戸の鞘堂に囲われ、にょっぽりと立っていた。

芭蕉が尾花沢に来たのは五月十七日（陽暦七月三日）私が訪れたのは六月二十八日で、季節的には同じころ、もう真夏のように暑い日々であったが、養泉寺の山門（そこには稚拙な仁王様がエプロンを掛けて立っており、両手に石を多く吊り下げている。石に穴がうがたれているのは、耳の病気の平癒をここの観音様に祈願するためのものだろうか）——

を出ると、右へ、たらたらと坂道は下っていて、一望の青田である。

青田を渡ってくる風の涼しいこと。彼方の山は月山(がっさん)であろうか。芭蕉はこの風をどんなに楽しんだことであろう。この町は風の町だ。

はた、と私は思い当った、鈴木八右衛門の俳号・清風は、尾花沢の風なのか。こればかりは来てみなくてはわからない。

清風邸は数度の火災に遭ったよしで昔日の邸(やしき)はないが、跡地に子孫の方が住まれ、いまも表札に〈鈴木八右衛門〉としるされているのはなつかしい。代々襲名されていられるのか。その東隣に、蔵店(くらみせ)作りの旧丸屋鈴木家住宅が移築されて〈芭蕉・清風歴史資料館〉になっている。この資料館前のそばや〈F〉、そばもおいしいが皿に山盛り出てくる漬物うまし。胡瓜(きゅうり)、蕪(かぶ)、キャベツの塩漬け。この店の名物とか。

3

ここでは有名な紅花を見たいもの、「眉掃を俤にして紅粉(べに)の花」という眉掃は、頬紅ブラシのような——柄が細長く、先に丸い毛のついたもの、白粉(おしろい)を塗ってから眉についた白粉を掃き落す、それが眉掃である。紅花はちょうどそんな形をしている。

この季節、まだ紅花の咲くにはちょっと早く、しかも尾花沢は気候と土壌の関係で、紅花はできないという。ここは紅花の集散地なのである。河北町（山形県西村山郡）がその産地で紅花資料館もある。河北町は尾花沢と山形市のほぼまん中あたり、寒河江に近い。紅花資料館はずいぶん立派な建物だと思ったら、この地の紅花商だった堀米家の邸を修復整備したものという。邸内三千坪余（一万平方メートルあまり）というから、紅花を扱う商人がどんなに豪勢な羽ぶりだったかわかろうというもの。長い白壁が美しく、堀には鯉が多くいる。

この資料館は広すぎて、まだ充分活用されているとはいいがたいが、紅花についてはくわしく展示され、実物の早い花が庭に咲いていた。オレンジイエローというようなあざやかな色の花が、ぽっかりと茎の上に咲く。あざみに似ており、綺麗にドライフラワーになるので、この頃は町の花屋さんで見ることもできる。この花から昔は口紅をつくり、衣を染め、薬ともなり、種子から灯油を製することもあった。

葉のふちにも花のまわりにもぎざぎざのトゲがあり、そのため紅花摘みは朝露の乾かぬ間（日が照ると葉は乾いてトゲが硬くなり、触れると痛いので）に摘むそうである。花を圧縮して餅のようにして出荷する。山形の紅花は〈最上紅花〉と呼ばれ、品質がよく喜ばれたよし、江戸享保以後は四百駄（一駄は百二十キロ）以上出荷された。米四俵が一両のとき、その同じ重さが紅花は百両もしたという。〈紅一匁は金一匁〉ともいわれ紅花の商いは大きく、扱う商人は巨利を博したことであろう。

この紅花は末摘花ともいい、くれない染めの花として万葉時代から有名であるが、末摘花といえば『源氏物語』に、鼻頭の赤い醜女のあだなに使われている。それに反し、芭蕉は「眉掃を……」の句で紅花をいとしんだ。土地の人は「この句は、紫式部がこわしてしまった紅花のイメージを、再びとり戻してくれました」と満足気である。私が買った紅花染めのハンカチの説明にそう書いてあるのはおかしい。きれいに澄んだあざやかなピンクで、絞り染めにしてある。私はまたここで小町紅も買った。小盃に入った名産の紅は玉虫色に光っている。これは江戸時代からの女の口紅である。

尾花沢の人は、芭蕉がこの地と清風をほめたのが嬉しいらしく、『奥の細道』探究者にはさまざま、よくわかる説明板をたてている。

芭蕉はここに滞在中、清風たちと歌仙を巻いた。

すずしさを我やどにしてねまる也　芭蕉
つねのかやりに草の葉を焼く　清風
鹿子立つ尾上の清水田にかけて　曾良

ゆふづきまるし二の丸の跡　素英

素英は清風家で働く者であるが、俳人でもあり、多忙な清風に代って、芭蕉の世話万端を引き受けたらしい。更にまた、

おきふしの麻にあらはす小家かな　清風
狗ほえかゝるゆふだちの簑　芭蕉

にはじまる「おきふしの歌仙」を興行し、めでたく満尾して芭蕉らは尾花沢を出発する。多分清風に、であろう、立石寺を見るようにすすめられ、芭蕉らは山形領の立石寺へいでたつ。七里ばかりであった。来てよかった。芭蕉はここで秀吟を得た。

4

「日いまだ暮れず。ふもとの坊に宿借りおきて、山上の堂にのぼる。岩に巌を重ねて山とし、松柏年旧り、土石老いて苔なめらかに、岩上の院々扉を閉ぢて、物の音きこえず。岸

をめぐり、岩を這ひて、仏閣を拝し、佳景寂寞として心澄みゆくのみおぼゆ。

閑さや岩にしみ入る蟬の声」

山形空港に着いて山形タクシーを走らせる。道々さくらんぼがたわわに稔り、目を奪う景色、上方者にはこれも珍らしい。入園料八百円で、さくらんぼ狩をやってみた。樹に生ったさくらんぼをもいで食べるということは全くはじめて。買うならばビニール箱一ぱい五百グラムで千円だという。ナポレオン種はまだ熟さず黄色っぽく、いまつややかに枝にびっしりと生っているのは佐藤錦という種類だそうである。さくらんぼの樹は姿よろしく枝を張り、地面にはやわらかい緑の草、ヨーロッパの絵本のような風景で、さくらんぼはというと、仄甘い品のいい味で果肉はたっぷり、瑞々しかった。

山形はものみな美味で、国道13号線沿いのおそば屋〈惣右ェ門〉、ここの天ざる、ならびにビールのアテに出てきたそばみそがよかった。お酒は山形正宗。店構えも立派で、仲居さんはきびきびしている。大きい店はしどけないものだが、きちんとした気分がゆきわたっている店だ。その土地土地で、いい店に会うのは全く好もしいもので、旅の喜びというもの。

立石寺はお祭のように賑わっていた。しかしお祭ではなく、これは常のことらしい。山形市山寺（仙山線・山寺駅のすぐ前）天台宗のお寺で俗称山寺という。慈覚大師が開いたという千百余年の伝統の古寺、六百年前に再建された重文の根本中堂には、千年不滅の法灯が伝えられている。比叡山延暦寺の直火を分火したものである。鎮護国家の道場ではあるけれど、また、このお寺は、この地方の庶民信仰の中心地とおぼしい。

観光客や参詣客はごったがえし、境内にはみやげ物屋や、名物の蒟蒻おでんを売る茶店があった。人々は水子地蔵に一体三百円の小さい地蔵を供え、布袋尊を撫でて病気平癒を祈願し、〈ぼけ封じ〉の念珠を買い求める。（私も買った）人々は岩のあいだに取りつき上り下りし、山寺一山、和気靄々とにぎやかだった。

この地方の人々は、死者が出ると、ここの納骨堂へ遺骨の一部を納めるならわしだそうな。このお寺は、このあたりの人々にとっては、死者の魂がかえってゆく、心のふるさとなのだ。

お寺のたたずまいも、人々の表情も、なぜか、〈ウチの寺……〉という感じがしたのは、そのせいなのだった。

ここには〈せみ塚〉とよぶ芭蕉句碑が、高い石段の上にあり、私は石段におそれをなして、登らなかった。山門下の茶店の床机にかけ、山寺名物の蒟蒻を食べて待つことにする。

一串百円で、丸い蒟蒻玉が四つ、醤油味でこれもおいしいものであった。

芭蕉に関するものとしては「閑さや……」の句碑と、岩に腰かけた行脚姿の芭蕉像がある。ここの芭蕉は精悍な、ひきしまった表情で、「佳景寂寞として心澄みゆくのみおぼゆ」という文章にふさわしい。

尾花沢でのくつろぎから一転して、きりっとした深い「閑さや……」の蝉の句、千変万化しつつ、静かに句趣は流動してゆく。

芭蕉らは最上川を利用せんとして、大石田へ戻る。

「最上川乗らんと、大石田といふ所に日和を待つ。『ここに古き俳諧の種こぼれて、忘れぬ花の昔を慕ひ、蘆角一声の心をやはらげ、この道にさぐり足して、新古二道に踏み迷ふといへども、道しるべする人しなければ』と、わりなき一巻残しぬ。このたびの風流、ここに至れり。

最上川は、陸奥より出でて、山形を水上とす。碁点・隼などいふ恐しき難所あり。板敷山の北を流れて、はては酒田の海に入る。左右山おほひ、茂みの中に船を下す。これに稲積みたるをや、稲舟といふならし。白糸の滝は、青葉のひまひまに落ちて、仙人堂、岸にのぞみて立つ。水みなぎつて、舟あやふし。

「五月雨を集めて早し最上川」


このくだり、私の好きな個所の一つ。

大石田（山形県北村山郡大石田町）は尾花沢の西南にあって酒田へ下る川船の発着所である。『奥の細道』には山寺往復の途中に当る天童の地名は出てこないが曾良の日記には「馬借テ天童ニ趣」とある。

私たちは天童温泉のTホテルで泊った。この温泉が発見されたのは新しいが、豊かな湯だった。朝起きて窓から見ると、空気は澄んで緑美しく、道は真っ直に通じ、ここは将棋の駒の製造で有名だが、盤面のような町なみだと思った。ホテルの専務さんは美しいオールドレディで、近くの旧東村山郡役所を案内して下さった。これも、福島県桑折町の、旧伊達郡役所と同じく明治の洋風建築である。美しく修復されていて、館内では天童と戊辰戦争展が開かれている。ここの殿様は織田信長の子孫だそうで、信長の肖像があり、眉目秀麗に描かれていた。

たてもののある庭の一隅に、古い石碑〈翁塚〉のほか、「古池や蛙飛びこむ水の音」「行く末は誰が肌ふれむ紅の花」――二基の芭蕉句碑が建てられている。

芭蕉は天童のことを書き残していないけれども、天童の人々は、芭蕉が立石寺参詣の道中に天童を通ったゆかりを、とても貴重に思うらしかった。

〈ここを通ったのですよ、ここに昔、念仏寺がありまして、芭蕉も拝んだかもしれません。天童をゆきかえり、通ったんでございますよ、芭蕉と曾良は〉

老夫人は碑の説明をして嬉しそうに念を押した。ここにも紅花が植えられていたが、六月末のいま、まだ咲いていない。天童では、漬物のおみやげが多く、帰宅して食べた晩菊がおいしかった。

大石田にも俳人の知るべはいる。高野一栄、高桑川水らである。芭蕉たちはここで船日和をまつ間、一栄宅に三泊した。一栄・高野平右衛門は船問屋、川水・高桑加助は庄屋、二人ながら大石田の有力者であるが俳諧好きで、すでに尾花沢の芭蕉をたずねて、俳席の連衆となっていた。二人は芭蕉らを喜び迎え、一栄宅で連句を興行した。彼らはいう、この地方には古くから俳諧がさかんで、昔の風流をなつかしみ、芦笛のひとこえのように俳諧は田舎人の心をも慰さめております。されど辺土のことゆえ、現代の新風にうとく、貞門談林の古風と新風の間を手さぐりしつつ踏み迷っております、指導してくれる人もおりませぬゆえ、と乞われて、やむなく俳諧の連句を一巻残した。——そう、芭蕉はいう。

このたびの旅行の風流、こうして土地の人々の指導までするようになった、と。

この歌仙は芭蕉の真蹟（しんせき）懐紙が現存する。

さみだれをあつめてすゞし最上川　芭蕉
岸にほたるを繋ぐ舟杭　一栄
瓜ばたけいさよふ空に影まちて　曾良
里をむかひに桑のほそみち　川水

——この歌仙はなかなか面白くて、

つま紅粉（べに）うつる双六のいし　川水
巻（まき）あぐる簾（すだれ）にちごのはひ入（いり）て　一栄
煩（わづら）ふひとに告（つぐ）るあきかぜ　芭蕉

……と、好調の歌仙である。大石田の俳人にとっては願ってもない収穫となった思いであったろう。

芭蕉は連句の座の指導に長（た）けた宗匠で、各人の持てるもっともよきものが発揮できるよう、手綱をゆるめたり強く引いたりしつつ、全体の流れをよく見、緩急自在にさばく。〈翁はまことに徳のたかい人だった〉と門人・破笠ものちにいっているように、座の連句の運営が順調にすすむには、宗匠に対する連衆の信頼がなくては叶わぬ。芭蕉の宗匠としての指導はきびしくもまた暖く、まことに適切であったのだろう。

この連句の句碑が、大石田の西光寺の境内にある。小さいお寺だが、芭蕉の句碑はガラス張りの覆堂の中に大切に囲われている。碑面が剝落して線刻も浅くなっているが芭蕉の真蹟である。副碑はその横に同じ句形で新しく建てられ、別に一栄の「岸にほたるをつなぐ舟杭」の句碑もある。発句、脇句の碑が寄り添うたたずまいは、そのまま、芭蕉を迎えて大石田の俳人が、頓に精神的水位あがり、昂揚してよき歌仙を巻いた満足のさまのようである。

その一栄宅は最上川に臨み、もとより今は遺構はないが、説明板が立っている。私は西光寺で、「さみだれ」の句の掛軸を買った。五千円だった。

一栄宅から堤防ぞいに大橋を過ぎると船役所跡の碑が立っている。五百艘有余の船が江戸時代最上川を上り下りし、酒田を経由して上方文化がこの大石田へも流れたと説明板にある。大石田はハイカラな町だったようである。

5

さあ、芭蕉にならって最上川を下らなければならない。〈最上川芭蕉ライン舟下り〉という舟便がある。芭蕉が本合海から舟に乗ったのは六月三日（陽暦七月十九日）私が舟下りをしたのは七月二十五日なので、それほどへだたりはない。芭蕉は本合海から舟で清川へ下り、そこから羽黒山へ向っている。

私たちは本合海より先の古口から乗り、清川の手前の草薙までの舟旅で、芭蕉より航路は短いわけである。

本合海には〈芭蕉乗船之地〉の標柱と「五月雨」の句碑があるが、ここではや、「五月雨をあつめて早し最上川」となっている。国道47号線を戸沢村へ向う。古口には〈奥の細道舟番所跡〉の標柱が立ち、日ざしは暑いが空気は澄んで、あじさい、サルビア、桔梗、ぎぼし、くずの花、うつぎ、いっぺんに咲き乱れている。北国は春・夏の花はいちどきに咲く。

古口の舟乗り場は、入口の作りも江戸時代の〈戸沢藩船番所〉に模して作られ、面白い。人々はここで食事をしたりおみやげを買ったりして乗船を待つのである。船の中で宴会をすることもできる。最上川舟下りはこのへんの大きい観光資源のようであった。雪見舟も出るが、ピークはやはり夏なのだそうだ。

写真をとるので他の船客の迷惑になるのを配慮して、私たちは貸切の船に乗る。三十人くらい乗れる屋根のないスマートな船、かなりスピードが出るが、水しぶきがかかるのではないかと、私はビニールコートをそこで買った。それに日ざしが照りつけるので、竹で編んだ網代笠(あじろがさ)を買った。丸くて先のとんがったもの、〈最上川舟下り〉「五月雨をあつめて早し最上川　芭蕉」と書いてある。

舟の名も〈第一芭蕉丸〉。芭蕉の知名度というのは日本人中、抜群じゃないかと思い思い、それをかぶって船へ乗りこむ。

笠を買ってかぶったのは、私と亀さんで、ひい子は白いピケの帽子をかぶり、妖子は赤い帽子をいただき、船のまん中に二人ずつ座をしめる。舳先(へさき)と艫(とも)に青い法被(はっぴ)の船頭さんが一人ずつ。舳先の船頭さんがマイクを持っているところを見ると、この人が説明をする役らしい。小柄だが頑健な爺(じい)さんである。黒い股引(ももひき)に地下足袋という船頭さんらしい身ごしらえ。

両岸は噴きあげるような濃い緑で、空は真っ蒼(さお)、しかし最上川の水量はいつもより少いという。酒田まで四十キロ、約五十分の旅である。最上川は山形で生れ、山形で海に入る、山形の母なる川だそうだ。両岸に折々、白い滝や石がみえ、たいてい義経伝説がそれには付会されている。義経は日本海側から最上川をのぼって平泉へ逃れたのである。

日本三大急流の一つというだけに流れは激しい。浅瀬のあたり、水しぶきがあがって、水は揉まれ、飛沫をとばし、サングラスに水滴が飛ぶ。舟は水を噛み、水を打って走る。

それでわかった、芭蕉は一栄宅の涼しい座敷で歌仙を巻いたとき、(それは最上川の流れをのぞむ清らかな涼しい居間だったらしい)亭主への挨拶に、「五月雨をあつめてすずし最上川」としたが、船に乗って川の流れを実感し、「あつめて早し」としないではいられなかったのだ。水しぶきに頬打たれ、「水みなぎつて、舟あやふし」と肝を冷したとき、〈あつめて早し……〉と胸に呟いたにちがいない。

船頭さんは左右の岸の岩で弁慶がどうしたとか、義経がどう、とか話すうち、突如、最上川舟唄をうたう。

〈エーンヤヨイトのマカショ
エーンヤ　コラマカセ
酒田さ行ぐさげ　まめでろちゃ
はやり風邪など　ひかねよに

やませ風だよ　あきらめしゃんせ
おれを恨むな　風恨め
エーヤーノヤ　エーヤ
ヨーイサノ　マカショ……〉

塩辛声の美、というのはたしかにある。（これは舟だから胴間声、というのだろうか）朗々たる唄声（うたごえ）は母なる最上川の川面（かわも）にひびきわたる。芭蕉もこの舟唄を聞いたろうか？

船頭さんは、鮭が日本海から上ってくるという話など、している。妖子は質問する。

〈鮭が、なぜ上ってくるんですかっ〉

船頭さんはまごつく。

〈なじぇだが知らねが上ってくるのす〉

〈このへんは昔は、何藩ですかっ〉

船頭さんは更に狼狽（ろうばい）する。

〈よぐ知らねす〉

妖子の質問は答えにくいところに特徴があるようであった。ひい子は個人的興味にまつわる質問をする。

〈もう何年、この船頭さんをやっていられますの？〉

〈四十年ですちゃ〉

船頭さんはホッとしたように答えた。

草薙で舟を下り、先廻りして待っていたタクシーの運転手さんと会い、清川へいく（維新の志士、清川八郎の在所である）。芭蕉が舟を下りた清川関所の趾は小学校となり、「五月雨」の句碑と、〈奥の細道　清川関所跡〉の標柱があるばかり。芭蕉たちはこの関所で書類不備のため役人に咎められて難儀している。

六月三日、芭蕉らは羽黒山へ登り、図司左吉、俳号呂丸という俳人をたずね、別当代・会覚阿闍梨に会った。南谷の別院に宿泊させてもらい、「憐愍の情こまやかに、あるじせらる」

出羽三山というのは羽黒山、月山、湯殿山のことである。それぞれの山頂に祭られた神々は羽黒山の出羽神社に合祀され、三神合祭殿と称している。

芭蕉はこの南谷の別院に泊って羽黒山、月山、湯殿山に詣っている。最高峰、月山へ登ったときのくだりは山顚の霊気が身に沁むばかりでいい。

「八日、月山に登る。木綿注連身に引きかけ、宝冠に頭を包み、強力といふものに導かれて、雲霧山気の中に氷雪を踏んで登ること八里、更に日月行道の雲関に入るかとあやしまれ、息絶え身凍えて頂上に至れば、日没して月あらはる。笹を敷き篠を枕として、臥して明くるを待つ。日出でて雲消ゆれば、湯殿にくだる」

私は月山へは登らず、羽黒山と湯殿山へ登っただけであった。湯殿山については芭蕉は「総じて、この山中の微細、行者の法式として他言することを禁ず。よつて、筆をとどめて記さず」

三山巡礼の芭蕉の句は、

涼しさやほの三日月の羽黒山

雲の峰いくつ崩れて月の山

語られぬ湯殿にぬらす袂かな

であった。これらは書物で読むとさして魅力のない句である。――松島と同様、「絶景にむかふ時は、うばはれて不叶」（土芳『三冊子』）というていのもので、実景を知っている人にはどこかもどかしく、知らぬ人には一そう衝撃性を欠いた、ただの挨拶句に思えるであろう。三山巡礼し、参籠しても、このお山では、所詮、これ以上の句はできそうにない。修験道というのは俳諧の世界とは異次元の、奇々怪々なる人外境なのだ。

　現在は車で、羽黒山へ登ることができるが、表入口の随神門から二キロの石段の参道をゆくと両側の杉並木がまず、人を圧倒する。

　そのうち、東北で最も古く最も美しいといわれる羽黒山五重塔（国宝。室町初期）の前に出る。老杉に囲まれてすっくと立つ、姿ただしき五重塔の森厳と典雅に打たれずにいられようか。

　南谷、芭蕉が泊めてもらった別院は、今は礎石と池と句碑（「有難や雪をかほらす南谷」——芭蕉はこの句を発句とする歌仙を、呂丸や会覚らとともに羽黒山本坊で巻いている）しか残っていないというので、私は見るのを割愛した。妖子と亀さんが写真をとりにゆく。

　そこから更に登ると、ついに山頂の三神合祭殿に出る。古めかしい鏡池を前に何とも雄大豪壮な権現造り、文政元年の再建というが、めくらむばかり巨大な大社殿である。萱葺に朱塗りの高欄、摩天楼のようにそびえる屋根。羽黒三所大権現の神威のいかめしさが思われる。

　しかも、いまなお、人々の尊崇をあつめて信仰の中心として、機能しているのである。社殿は白装束の参詣客がぎっしり詰り、なお正面の高い階段を昇ってくる人は引きも切らず、それらは講中であるのか、衿にはみな同じ教団の名が書かれてある。
崇峻天皇の皇子蜂子皇子（能除太子）が羽黒修験道の祖といわれるけれど、物の本には、わが国古来の山岳信仰に、中国大陸から伝来した道教や仏教が融合して修験道となったと書いてある。私は修験道には昏いので、無学を恥じるばかりだけれども、この出羽三山における庶民信仰の深さには、さながら地熱のようなゆるぎないものがあるのを感じないわけにはいかない。

　上方にも西宮の戎さんとか、大阪の天神さんとか、京都の祇園さんとか、土地の人々に密着した神サンはあるが、この出羽三山を中心に盛り上がる信仰の熱気は特殊のものである。このあたりは日本の中でも特殊なる地方なのだ。

　この附近にだけあるミイラ仏（たとえば湯殿山注連寺の即身仏、鉄門海上人のような）のように生きながらミイラになるというすさまじい荒行の精神風土である。即身仏をあがめ、荒々しい浄行の山伏を尊とむ、粘稠度のたかい、物狂おしい信仰は、出羽三山を中心にとどろと地底のマグマのように煮えかえり、渦巻く。

　羽黒山は観音、月山は弥陀、湯殿山は大日を本地とする。羽黒山で修行し、月山で艱苦して湯殿山に至り、即身成仏するという。人々は身に白衣をまとい、頭に宝冠（白い木綿で頭をつつむ頭巾）をかぶり、首に注連をかけるという清浄な姿で、山先達にみちびかれ

つつ、〈南無帰命頂礼、慚愧慚悔、六根罪障、注連は八大金剛童子……〉

と唱えつつ、山巓から谿谷へとかけ下りかけ登り、三山巡拝するのだそうである。

羽黒山の社殿に昇殿し、ぎっしり詰め、祈禱する人々は、白衣の背に、お山の姿の木版と朱印の手拭いをお守りのように垂らしていた。私も求めることにする。

この古代の大神殿のような合祭殿は、仏も神も一緒くたである。権現というのは仏が日本に神として現じ給うことであるが、明治の神仏分離で、神道にかえったというものの、庶民はさかしらなそんな宗教政策は歯牙にもかけず、出羽三所権現を信仰しつづけるのである。お山巡拝の掛念仏は、また、

〈南無阿弥陀仏、天津神国津神、六根清浄、御山は繁昌大願成就〉

というものである。

このお山自体、凄味のある熱気が感じられる。

月山は嶮岨で知られるので、私は芭蕉の文だけで山霊に触れることにして、車でゆける湯殿山へ参拝する。もっとも〈湯殿山本宮〉の石碑があるところまでしか車は入らない。ここからは歩いて神の山・仏の山へわけ入らなければいけない。参詣者は山道に蟻のようにつづく。私たちもその蟻の一匹となる。崖道を伝いのぼるうち、右手の谿に赤い大きな岩がみえ、白衣の人々がむらがっている。谿へ下ると、本宮入口である。

ここで参詣者ははきものをぬぎ、はだしになって、お祓をうけなければ、ご神体を拝むことを許されない。

この日、多いのは〈○○教団〉の団体さんで、白装束にスニーカーをはき、ウェストポーチをつけ、長い木の金剛杖に竹の笠といういでたち、上衣の衿に教団の名があり、この団体の人々は、全国あちこちから集った人々で、毎年一度のお山参りがたのしみ、という老婦人がいた。その老婦人もスニーカーをはいている。スポーツシューズというのは現代に本当に定着したものだと思う。更なる新素材の研究が進んだらいまに皮靴など、人は穿かなくなってしまうだろう。実をいえば私たちも一人残らずスニーカーである。団体さんにまじってそれをぬぎ、靴下も取り素足になって、一人三百円のお祓料を払い、神官にお祓して頂く。

門をはいれば、どこからともなく湧き出る霊湯に敷石は濡れ、多年の参詣客の足の脂のせいか、石はつやつやして滑り勝ちである。曾良が随行日記に、

「是ヨリ奥へ持タル金銀銭持テ不レ帰。惣テ取落モノ取上ル事不レ成。浄衣・法冠・シメ許ニテ行」

と書いた神聖な神域である。この神秘境は昔から〈語るなかれ〉〈聞くなかれ〉と戒められ、「行者の法式として他言することを禁ず」と芭蕉のいう通りである。

だから私も語ってはならないのであるが、何とも感動的な神秘感に打たれたので、その片端だけでもしるすことにする。

この湯殿山自体が神の山で、ここには大山祇神、大国主神、少彦名神の三神が祀られるが、それは緑の山を背にした、見上げるような巨巌と、それを伝ってこんこんと湧き出る熱い霊泉が御霊代なのであった。〈ご宝前〉とよぶ。

その霊巌は、湧き湯の成分の加減か、銅板のごとく輝やき、堆朱のかたまりのように赤い。霊巌をめぐってのぼりおりする道が注連を結われ設けられており、参詣者は巌に這い攀じのぼり、〈南無帰命頂礼〉をとなえつつ巨巌の上からまた下りてくる。

巨巌を伝ういで湯は流れ流れて足もとを浸す。素足というのは人を素直にさせるものではあるけれど、私はこの、近代文明人の度肝を抜くような〈ご宝前〉に魂をうばわれ、素足に快い、温かいわき湯に浸って呆然としてしまう。湯は湧きつづけ、霊巌をぬらしつづける。永遠にこの巌は暖かい温にぬれつづけて、神々の御霊代としてここにそびえているのである。

これこそ、出羽三山の物狂おしい信仰の上にできた力瘤である。

奇々怪々なる山霊地霊の異能霊が、かたちをとって具現した、巨大な美しい曝首である。

太古の巫祝たちが雲霧の山中ふかく入って、はじめてこの異様な巨塊を目にしたとき、彼らは〈おお……〉と絶句し、舌を震わせたにちがいない。これこそ天地根元の神、神々の神なる存在という天啓を、感電したように受けたのではなかろうか。

その赤岩はつやつやと湯に濡れつつ、人々の攀じのぼるにまかせ、瞑目しているが、私は手を合せて拝み、ふと顔をあげたとき、私もまた、示現を受けたのである。

この岩は大らかな女性自身である。

さればこそ、〈語るなかれ〉〈聞くなかれ〉の神秘境なのである。またさればこそ、この霊巌は、さだめてこの山が発見されて以来、縄文の昔よりもっと古くから、畏怖されてきたのではあるまいか。
敬虔にあがめられてきた太古の記憶が燻蒸されて、いまなお信仰の尽きぬエネルギーのもと、となっているのではあるまいか。

芭蕉も、その記憶に精神感応した、と思う。

そういうとき、俳諧師としては一切の技巧は無益である。

語られぬ湯殿にぬらす袂かな

は、生命と信仰の根元にふれた芸術家の、素朴な震撼であろう。

またいえば、羽黒山の句「涼しさやほの三日月の羽黒山」、月山の句「雲の峰いくつ崩れて月の山」——も、私がいったように、〈さして魅力のない句〉とは思えなくなった。これは力強く、手斧で削った一刀彫りの句なのだ。

羽黒山・月山・湯殿山、この、いわば雑菌生々たる庶民信仰のお山に対する、鹹味の利いた讃歌なのだ。その発見は、現地へ来てみなければわからない。

ここは写真撮影は一切禁止、亀さんは首に写真機をぶら下げたまま歩きまわり、手持無沙汰のていである。またここは人々が先祖に会うことのできるなつかしい死者の山々でもあり、苔むした岩壁には蠟燭がともされ、戒名をしるした紙が貼られたりしている。

妖子とひい子は、ご宝前の巌をはだしで登って下りてきた。私は下まで滑り落ちないという自信はなかったので、待っていた。

〈岩のうしろもお湯があふれ湧いていて、どこから湧いてくるのか、わかりませんでしたわ〉

とひい子はいう。私はなめらかな赤い巨巌が（その裾の湯の流れは血のように赤い。湯そのものは清らかに澄んでいるが）女性自身であると妖子に暗示した。

〈どこが、ですかっ〉

と妖子はけげんそう、あげく編集者使命を刺激されたらしく、

〈ちょっと聞いてきますっ〉

〈誰に聞くんです〉

〈あそこに神官がいますっ〉

〈おっとっとっと……〉

　私は羽交いじめしないばかりに妖子の袖を引いてとめなければいけなかった。

〈写真撮影は、やっぱり、いけませんかねえ……ＮＨＫは入ってますよ〉

　亀さんは残念そう。池田満寿夫氏がＮＨＫのお仕事で来ていられるらしかった。

　参拝を終え、本宮出口へ出て、足もとを流れる温かい湯で足を洗い、靴をはく。ここには芭蕉と曾良の句碑がある。「語られぬ湯殿にぬらす袂かな　芭蕉翁」と、「湯殿山銭ふむ道の泪かな　曾良」——神域では落し物を拾うのも不浄と禁じられたので、昔は銭が道に落ちているのを踏んで登ったという。それほど世俗を離れた霊域なのだ。曾良の泪は、それに対する感動の泪である。

6

　さて、この羽黒山詣でで、芭蕉は「不易・流行」という俳諧理論を思いついたといわれている。羽黒山を案内した図司左吉（呂丸）は羽黒山麓手向村の染物屋であったが、俳諧を嗜み、この折に芭蕉の弟子になった。（のちに京都で客死して、「当帰より哀は塚のすみれ草」と芭蕉に悼惜されている）呂丸は芭蕉を案内したとき聞かされた教えを『聞書七日草』に書きとどめている。その中に「天地流行」「天地固有」という言葉がある。去来の『去来抄』には、「蕉門に千歳不易の句、一時流行の句と云有。是を二ッに分つて教へ給へども、其基は一ッ也、不易を知らざれば基立がたく、流行を弁へざれば風あらたならず」とある。

同じく蕉門の服部土芳が書いたといわれる『三冊子』には、「師の風雅に万代不易有。一時の変化あり。この二ッに究り、其本一也。その一といふは風雅の誠也。不易をしらざれば実に知れるにあらず。不易といふは新古によらず、変化流行にもかゝはらず、誠によく立たる姿也。（中略）また千変万化するものは、自然の理なり。変化にうつらざれば風あらたまらず」（『去来抄・三冊子・旅寝論』岩波書店刊）

時代によらず、人に深い感動を与える風雅の誠というものがある。これが不易である。芭蕉が敬慕する西行も宗祇も古人ではあるけれど、その作品の風雅は今も胸を打つ。それが風雅の生命である。しかしものごとは無限に流転し、時々刻々変化してゆく。世間万物を描写する俳諧師はその流転を見きわめ、変化してゆかねばならない。これが流行である。

易らざるものと、流れゆくもの。この二つは実は、大本が一つなのだ……。

この俳諧理論は、羽黒山参詣を契機にしていっぺんに芭蕉に考えられたものではなく、実は前々から、芭蕉の裡で蠢動していた理念であろう。それが奥羽の旅をきっかけとして形を成した。みちのくの歌枕の、今は見るかげもない荒廃ぶりや、壺の碑の、古代の字のあとを見た感動、更には、鯖野の里、佐藤庄司の館あと、平泉の義経最期の地に吹いていた風、無心に繁る夏草、五百年昔と同じように流れていた北上川……芭蕉の心に力強く湧きおこってきた理念がある。

うつりかわるものの中に、かわらぬ風雅。

流転しゆく時の相のうちなる、悠遠の過去未来の本質。

芭蕉は出羽三山の参詣でその真髄を把握したのかもしれない。

甲のきりぎりす

1

一望の庄内平野、夏空に鳥海山が裾を引いている。
芭蕉は羽黒を立って鶴岡へ入る。酒井侯十四万石の城下町である。酒井家の家臣、長山重行という武士の家に迎えられ、粥を所望して芭蕉らはひと眠りしたらしい。よほど羽黒山では疲労したのだろう。呂丸もここまで送ってきた。夜になって俳諧を興行したが、その句は『奥の細道』には載せられていない。

めづらしや山をいで羽の初茄子

いでいに出羽をかけている。この句はあるじの重行への挨拶であり、重行はこれに、

蝉に車の音添（そへ）る井戸

と脇をつけた。車は車井戸、冷い水をせめてものおもてなしにするばかり、という亭主の謙遜（けんそん）である。

　私たちは鶴岡で泊るつもりである。

　実をいうと私はこの町が好きで、『すべってころんで』という小説でも、一部、舞台にこの町を使った。どの町でもよかったのだが、そのとき挿絵を担当して下さった斎藤真成（さいとうしんじょう）画伯の母上がこの町のご出身で、〈よい町ですよ〉と、おっとりお国自慢なさったので、取材する気になったのであった。ここの藩主、酒井氏は幕政時代ずっと一貫して変らず、人々の気風が温和で安定しているのもそのためといわれる。どこか雅致ある風情で、町のあちこちに古いたてものの見られるのもいい。

　芭蕉が詠んだ初なすびはこの地方の名産、民田茄子（みんでんなす）のことといわれる。小さいなすびで、これを塩漬にする。ここは温泉の出るところで、私は湯田川（ゆたがわ）温泉の旅館T屋に泊った。民田なすを所望すると、特別に、おうちの方々のぶんらしい、塩漬けを供して下さった。皮がちと固いが、さっぱりとコクのある漬物である。ここで求められて、——めづらしと芭蕉の賞でし初なすび　海山越えきてたうべけるかな。

芭蕉の泊った長山重行邸（山形県鶴岡市山王町十三）は角地で、現在は工場の一角である。いまも長山小路と呼ばれる小路の角に、石の柵に囲まれるようにして「めづらしや……」の句碑がある。

長山重行は江戸出府中に芭蕉の門人となったらしく、久富哲雄氏の『「奥の細道」を歩く事典』によれば「身分も教養もかなりの武士らしく、禄高百石取りであった」と。その四軒おいた隣が岸本八郎兵衛（俳号・公羽）の邸で、公羽は芭蕉の鶴岡滞留のとき入門したとおぼしい。「初なすび」の句碑は鶴岡の日枝神社の境内にもある。

長山小路から遠くない大泉橋に、〈奥の細道内川乗船地跡〉の標柱がある。

町なかを水のきれいな内川がゆったり流れ、両岸の家々の影を映す。美しい城下町に別れを告げ、芭蕉はここで川舟に乗り、酒田へ向ったのである。酒田の俳人、伊東玄順をたずねる。玄順の本業は医師で、酒田俳壇の中心人物だったらしい。

「淵庵不玉といふ医師のもとを宿とす」と芭蕉の書くのはこの人である。不玉は俳号。

あつみ山や吹浦かけて夕涼み

暑き日を海に入れたり最上川

酒田の芭蕉の句。――私たちは車で酒田へ出た。酒田は車の往来も繁く、活気があった。鶴岡が武士の町とすると、酒田は商人の町で、昔は大地主の本間家、西鶴の『日本永代蔵』にも繁栄ぶりを描かれた大問屋〈鐙屋〉などがあったから、芭蕉の来た時も経済都市として賑わっていたにちがいない。酒田の実力商人、三十六人衆の一人、近江屋宅（鐙屋か？）へ招かれた芭蕉は、もてなしの瓜に興じて「即興の発句」をものしている。

初真桑四にや断ン輪に切ン

芭蕉が泊った不玉の宅のあとは歯科医院になっていたが、瀟洒な句碑がある。（山形県酒田市中町一ノ六）〈不玉宅跡〉。

不玉宅跡から西へ、日和山公園の展望台へのぼると、「暑き日を海に入れたり最上川」の句がよくわかる。

ちょうど夕刻、雲が多く、日は雲を染めて一角が赤みを帯び、ひろびろと日本海が眼下にひらける。この句は、当地の寺島彦助の邸では、「涼しさや海に入たる最上川」であった。芭蕉はのちに「暑き日を」と変えている。この俳諧興行は六月十四日、陽暦七月三十日、曾良は「暑甚シ」と書きとめている。暑い夏の一日を最上川が海へ押し出した、というのであろうか。

日和山には句碑歌碑が多い。

夜、この町で、よく知られたレストラン・Lへいく。今までに私がいった、松本市のT、函館のG、酒田のL、まことによろしき風雅の店である。旅のたのしみである。このレストランの魚料理もよかった。

しかし酒田は風の強い町だった。七月の末だというのに、レストラン・Lを出て、タクシーをさがすあいだ、吹きすさぶ夜風に震えあがってしまった。あまりに早すぎるシベリア季節風ではないか。かの酒田大火の夜も、風は激しかったというが、これならさもあるだろうと思われた。

芭蕉が次にめざすのは更に北の象潟である。

途中に三崎山という、ながめのいいところがあり、芭蕉は象潟ゆきの途次、ここを通ったというので、杣道の一部を芭蕉道として残している。(山形県飽海郡遊佐町)

あとで考えると、現代では象潟よりはるかに、三崎山から見る海の景色のほうがいい。

象潟は、旅のはじめから芭蕉の期待している名勝だったらしい。入江に点々と九十九島が浮び、松島と好一対の風光だったらしい。漢文口調の、歯切れのいい名文で、研究者の指摘によれば芭蕉はかねて愛読する蘇東坡の詩「西湖」の口吻をとっているらしい。

「江山水陸の風光、数を尽して、いま象潟に方寸を責む。酒田の港より東北のかた、山を越え磯を伝ひ、いさごを踏みて、その際十里、日影やや傾くころ、潮風真砂を吹き上げ、雨朦朧として、鳥海の山隠る。闇中に摸索して、『雨もまた奇なり』とせば、雨後の晴色また頼もしきと、蜑の苫屋に膝を入れて、雨の晴るるを待つ。

その朝、天よく晴れて、朝日はなやかにさし出づるほどに、象潟に舟を浮ぶ。まづ能因島に舟を寄せて、三年幽居の跡を訪ひ、向うの岸に舟をあがれば、『花のうへ漕ぐ』と詠まれし桜の老木、西行法師の記念を残す。江上に御陵あり、神功皇宮の御墓といふ。寺を干満珠寺といふ。この所に行幸ありしこと、いまだ聞かず。いかなることにや。

この寺の方丈に坐して簾を捲けば、風景一眼のうちに尽きて、南に鳥海天をささへ、その影うつりて江にあり。西は、むやむやの関、道を限り、東に堤を築きて、秋田に通ふ道はるかに、海北にかまへて、波うち入るる所を汐越といふ。江の縦横一里ばかり、おもかげ松島に通ひて、また異なり。松島は笑ふがごとく、象潟は憾むがごとし。寂しさに悲しみを加へて、地勢 魂をなやますに似たり。

象潟や雨に西施が合歓の花
汐越や鶴脛ぬれて海涼し」

芭蕉があたまに思い浮べて書いたらしいという蘇東坡の詩を、読みくだしでしるしてみよう。

「水光　瀲灔として晴れて偏へに好し
山色　朦朧として雨にも亦奇なり
若し西湖を把つて西子に比せば
淡粧　濃抹　両つながら相ひ宜しからん」

——西湖の風景は晴れてもよく雨が降っても美しい。西湖を西子（西施）にたとえるならば、西施が厚化粧をしても薄化粧をしても美しいのに似ている……。

西施というのは中国古代の美女である。胸の痛みに顔をしかめると、それすら魅力であったという。醜女までがそれを見習って顔をしかめるのがはやったそうな。

芭蕉が西施によそえた合歓の花はいまちょうど、象潟駅前の記念碑近くに咲いていた。うすいピンクの房状の花で、葉もデリケートに面白い。美女にたとえられてしかるべき花である。ピンクの花とみえるのは実は雄しべなのである。鳥の羽のような葉は、夜になると閉じて垂れる。そのためロマンチックな合歓という名がつけられたのであろう。ねぶは眠りにも通じるし、あでやかな美女が瞼をとじたさまは、この象潟の美しい風光のようだ、という句趣であろうか。

　しかし現実には、いまの象潟は無残にも昔の面影を失っている。芭蕉が来たあと百十五年たって、文化元年（一八〇四）大地震で海底が隆起し、陸地になってしまった。点在する九十九島は、今や水田の中にぽつんぽつんと残る小山に過ぎない。

　羽越本線象潟駅の東北、目路はるかに青田に風がそよいでいる。

田の中のあぜ道をタクシーで走って能因島へいく。松が十本ばかり生え、雑草に掩われた小山だった。

　蚶満寺の山門は威あって立派なもの、ここは禅寺だが閑院宮家寄贈の菊の御紋がついており、宮家の祈禱所であったよし、これについては、司馬遼太郎氏の『街道をゆく』（二十九　朝日新聞社刊）「覚林」にくわしく出ている。

　文化年間、蚶満寺の住職は覚林という人だった。象潟あたりは当時、二万石の六郷藩の領地だったが、文化元年の大地震後、藩は象潟を水田にしようとした。王朝以来の名勝が消滅するのに反対したのが覚林である。覚林は藩の新田開発強行政策を阻止するため、京へのぼって、閑院宮家に嘆願し、蚶満寺を宮家の祈禱所にしてもらう。

六郷藩はこれを憎んで覚林を捕え、獄死させたという。藩はこのあと新田を開発したものの、すべての島をとりつぶすことはさすがに遠慮したらしい。

現在、象潟には水田の中に、能因島はじめ大小六十ばかりの小島（今は小山である）が残されているが、これらは覚林が死を以て守った名勝の名残りというべきか。青田の中に点々と浮ぶ小山は、ちょうど芭蕉が見た九十九島のように思えなくもない。

蚶満寺の境内には樹齢千年という巨大なタブの木はじめ、異相の樹木が多く、空気は湿りを帯び、どこかふしぎな雰囲気だった。海底が隆起して地相が一変したという以上に、何かこの地のもつ、ユニークな味のせいかもしれない。芭蕉は、松島の風景に似ているけれども、また違う、といっている。「松島は笑ふがごとく、象潟は憾むがごとし。寂しさに悲しみを加へて、地勢魂をなやますに似たり」――というのは、すこぶる暗示的である。蚶満寺の境内の奥、おどろに繁る木々と、物言いたげな湿った土を見ていると、南海の島々の森を思い出した。南西海上諸島の木々や土は、あまりに語ることが多すぎて、かえって寡黙になってしまった、というような繁茂の様相である。

お寺にはあまた句碑があるが、少し疲れてしまった。無論、ここには芭蕉の句碑があるが「象潟の雨や西施がねぶの花」となっている。これが初案なのであるらしい。

2

芭蕉はついに日本海側へ出た。北陸道の道をとり、加賀・金沢までここから百三十里。鼠の関は出羽と越後の国境で、これを越えれば越後である。村上、新潟、出雲崎、今町（直江津）、糸魚川、市振まで芭蕉は道中をしるさず、「この間九日、暑湿の労に神を悩まし、病おこりて事をしるさず」としつつ、『奥の細道』中、屈指の佳吟を吐く。

荒海や佐渡に横たふ天の河

この前にある句は「文月や六日も常の夜には似ず」――七月七日は七夕、前夜の六日も常とはちがう風情に感じられる。牽牛織女の年に一度の逢瀬なれば、もろもろの万感胸にせまり、ものみなすべて有情……その句があるため、「荒海や」の句も七日か八日に詠んだらしいとみられている。七月七日は陽暦八月二十一日だが、私が新潟から出雲崎を訪れたのは九月下旬であった。

新潟で一泊した芭蕉らは寺泊を経て出雲崎へ着いている。私たちはタクシーで国道11

6号線を海に沿うて走る。寺泊の魚市場は大きくて、駐車場には関東方面から買出しにきたらしい観光バスが何台も停まっていた。〈魚のアメヤ横丁〉という看板が得意気に掲げてある。豊かな海の幸があふれていた。カマスが六尾で三百円、ハタハタは山盛りで三百円、春子の小鯛が十二尾二百円、ホヤやミル貝、サザエなど貝の多いのが北国らしかった。旅のはじめでは海の幸は買えないので残念であった。

出雲崎へ入る。

ここは良寛(りょうかん)さんゆかりの地だが、それは割愛して、芭蕉園というのが出雲崎町にある、ここに〈銀河ノ序〉の石碑(せきひ)が建っている。芭蕉真蹟(しんせき)を拡大したもの。原文をわかりやすく写すと、

「越後の駅出雲崎といふ処より佐渡が島は海上十八里とかや。谷嶺(たにみね)の煙ぞくまなく東西三十余里に横折れ伏して、また初秋の薄霧(うすぎり)立ちもあへず、波の音さすがに高からず、ただ手のとどくばかりになむ見渡さる。げにや此の島は黄金(こがね)あまたわき出でて世にめでたき島になむ侍るを、むかし今に到りて大罪朝敵(てうてき)の人々、遠流(をんる)の境にして物憂(う)き島の名に立ち侍れば、いとすさまじき心地せらるゝに、宵の月入りかゝるころ海のおもてほの暗く山の形雲(くも)透(すき)に見えて波の音いとかなしく聞こえ侍(はべ)るに

荒海や佐渡に横たふ天河　芭蕉」

日本海沿いの国道を南下していると、右に絶えず海があり初秋の荒い波である。紺青の海に佐渡はかすんで泡沫のように横たわっている。芭蕉は佐渡の流人たちの歴史を思う。荒海の波の音は、流人の嗚咽である。銀漢は芭蕉の感傷の吐息である。いい句だと思う。芭蕉園のななめ向いに、芭蕉が一泊したといわれる旅宿大崎屋のあとがある。

そのとなりの煙草屋さんで〈銀河ノ序〉の拓本を売っている。私はそれを買った。爺さんが拡げてみせてくれる。この町は爺さんが多くて、車を停めて道を聞いても、耳が遠い爺さんで、話が通じない。しかしみな、汐風に灼けていい顔をしている。

そこから遠からぬ妙福寺の、細い石段をのぼりつめると出雲崎漁港が一望でき、右手に佐渡島がみえる。ここにも句碑がある。

柏崎。海水浴場はもう閉ざされ、人っ子一人いない美しい海がつづく。薄の穂が白く明るく、北陸路のドライブインは軒なみ〈たら汁〉の看板を出していた。上方者にははじめて聞く料理である。どんなのだろうと思った。

柏崎で昼食をとる。私はつい、上方の癖が出て、昼食はうどん、と思ってしまい、うど

んを注文した。亀さんはメニューをじっくり眺めて考えこんでいる。はじめて新機軸をうち出すのかと思ったら、元気よく、

〈トンカツ定食！〉

といったので皆々、転倒る。しかしその撰択は正解だった。うどんはまずかった。どうしたらこんなにまずくなるのかというようなまずさだった。

町は白々として、通行人も少い。

市振の手前、親不知で私たちはその日は泊ることにする。親不知は北国一の難所で、芭蕉たちはからくもそこを越え、市振に着いて宿をとったのである。

現在は崖に車道が通じているので造作もないが、昔は崖下の浜辺四里を歩くのである。飛騨山脈が日本海になだれ落ちて絶壁のような断崖が連なる。わずかな波打際の細道を伝いあるき、大波の引く間に走り通り、波がうちかかれば岩の間の穴へかくれる。荒波の水しぶきは烈しく、走りおくれた者はたちまち波にさらわれてしまうという。親は子をかえり見るいとまなく、子は親を助ける余裕もないといわれ、親不レ知、子不レ知の名が生まれたそうな。

私たちの泊ったホテルは、この難所の崖の上にあり、海岸へ下りてゆけるようになっているが、傾斜が急なので私は断念、妖子と亀さんが、もう暗くなりかけているのに下りて

いって写真をとる。おみやげだといって丸い石二つと松かさを、海岸から拾ってきてくれた。石はさながら碁石のように長い年月、波に洗われて、平たく、まん丸であった。

夜、窓から見る親不知の海は黒闇々で、波音が闇の中で吠えていた。

朝になると激しい雨だった。雨の中を市振に車を走らせる。市振の宿でのくだりは、『奥の細道』中、もっともロマンチックで仄々したいろどり、それもやわらかなやまとことばの雅文で、情意そなわり、美しい。

芭蕉は、松島や出羽三山や象潟というと構えて漢文調になり、しかも類型的で空疎な感嘆を並べるので、口調としてはいいのだが、現代人はこまってしまうところがある。しかし那須野で会った少女や、この市振の女を描く筆はやわらかく暢達でたのしい。

一巻の連句の「恋」の定座ともいえようか。

「今日は、親知らず・子知らず・犬戻り・駒返しなどいふ北国一の難所を越えて、疲れはべれば、枕引き寄せて寝ねたるに、一間隔てて表のかたに、若き女の声、二人ばかりと聞ゆ。年老いたる男の声も交りて、物語するを聞けば、越後の国新潟といふ所の遊女なりし。伊勢参宮するとて、この関まで男の送りて、明日は古郷に返す文したためて、はかなき言伝などしやるなり。『白波の寄する汀に身をはふらかし、海士のこの世をあさましう下りて、定めなき契、日々の業因、いかにつたなし』と物言ふを、聞く聞く寝入りて、朝旅立つに、我々に向ひて、『行方知らぬ旅路の憂さ、あまりおぼつかなう悲しくはべれば、見え隠れにも御跡を慕ひはべらん。衣の上の御情に、大慈の恵をたれて、結縁せさせたまへ』と泪を落す。『不便の事にははべれども、我々は所々にてとどまるかた多し。ただ人の行くにまかせて行くべし。神明の加護、必ず恙なかるべし』と言ひ捨てて出でつつ、哀れさしばらくやまざりけらし。

一家に遊女も寝たり萩と月

曾良に語れば、書きとどめはべる」

新潟の遊女二人、伊勢参りをするとて隣室で話している。この関まで男が送ってきて、明日は男は帰るので、ことづけなどよしなしごとを頼むらしい。遊女の身の上を嘆く言葉は古歌を踏まえて優美にのべられている。「白波の寄する汀に身をはふらかし、海士のこの世をあさましう下りて」というのは、古歌の「白波の寄する汀に世を過ぐす　海士の子なれば宿も定めず」をひびかせている。この『和漢朗詠集』の歌は昔から人々に愛されていて『源氏物語』の「夕顔」の巻にも、源氏の君に名を問われた夕顔が、宿もきまらない、いやしい身分の者よ、というほどの意味で、「海士の子なれば」と答えている。芭蕉はそれも踏まえているのであろう。——遊女の身に落ちて定めない契りを重ねるのも前世の因縁なのかしら、不幸なめぐり合せだわねえ、……などと、隣室の若い女二人は述懐し合っているのであるが、このあたりは謡曲「江口」の、遊女の嘆きも重ね合されているに違いない。芭蕉はそのまま眠りに入ったが、朝の旅立ちの時、女二人は、〈道を知らぬ旅路、心細うございますので、見えかくれにでもあとからついていかせて下さい、お坊さまでいられるのですから、仏さまの大慈大悲のお恵みを垂れて、おすがり申させて下さいませ〉という。〈お気の毒だがそうもならぬ。我々は所々でとどまることが多い。お伊勢参りする人は多かろう、その人々のあとについてゆきなさい。大神宮の御加護は必らずあろうから、つつがなくお参りなされるであろう〉と、芭蕉たちは言い捨てて出た、というのである。

「哀れさしばらくやまざりけらし」

という止めの文章も風韻がある。

——よく知られている通り、曾良の日記にはこの記事も句も書きとめられていない。それまでの道中や地許の人々との交渉など、芭蕉が省筆した部分はくわしく書いている曾良

が、市振には七月十二日着き、翌十三日、

「市振立。虹立」

とあるばかりである。芭蕉の創作であろう。長の旅路の間、隣室に女性の話し声など耳にした経験はあろうけれど。

しかしこの句の相も仄かに色っぽく、女たちの点描もゆかしい。

芭蕉はいったい、恋の句が巧くて心にくいばかりである。「はつしぐれ」歌仙で、凡兆の「隣をかりて車引こむ」に付けた、

うき人を枳殻垣よりくゞらせん

——うき人、いとしくも憎い男を、からたちの垣をくぐらせて引き入れようというのである。

「市中は」歌仙における、凡兆の「さま〴〵に品かはりたる恋をして」に付けた、

浮世の果はみな小町なり

——浮世の恋の終りは小町の老残。

「種芋や」歌仙に服部土芳の「冬至の縁に物おもひ増す」につけて、

　化粧へども装へども君かへりみず

「水鳥よ」歌仙では浜田洒堂の「たゝむ衣に菖蒲折置」に、

　さんといふ娘は後のものおもひ

——あひ見ての後の心にくらぶれば、を踏まえているが、おさんという町娘を拉してきた軽やかさが、〈恋〉の重みを救う。芭蕉は連句における〈恋の句〉を重んじたと、土芳の『三冊子』にある。「恋は別して大切の事也。なすにやすからず」。

市振の遊女で、日本海沿いの旅の単調が救われ、〈恋〉の句も生まれた。芭蕉の『奥の細道』は構成上、まことに入念に、流麗に転じてゆく。

現実に恋をあまた経験したかどうか、分明でない芭蕉の生涯だが、胸底ふかく秘めた恋慕のゆらぎを句に現出する。それがあるいは妖艶な、あるいは神韻縹渺たる〈恋〉の句になる。

暉峻康隆・宇咲冬男両氏の『連句の楽しみ』に、

恋は歌仙ですます桃青　桐雨

というのがある。(桐雨は暉峻氏の俳号)芭蕉のこの世のものならぬ恋は、句のなかに昇華し、燻蒸されたのであろうか。

私たちの旅に、雨は止まない。

こんなに激しい雨は取材中、はじめて。

市振の町並と漁港沿いの海側との分岐点に大きい松があり、〈海道の松〉の標柱がある。芭蕉は命がけで親知らずの波間をくぐり、海道の松を見てほっとしたことであろう。いま市振の関所跡は小学校になっている。(江戸時代の官公庁の建物あとは、多く公立学校になっているのもおかしい)榎の大木が目印になっているのみ。

芭蕉が泊った桔梗屋は市振郵便局の斜め向い。説明板が立っている。長円寺には「一つ家に……」の句碑もあるが、これを撮ろうという亀さんは横なぐりの雨にぐっしょり濡れ、ビニール合羽の妖子は折り畳み傘を烈しい風で壊してしまった。海岸に白波がしぶきをあげ、港内に繋がれた船はひしめき揺れる。タクシーの運転手さんの話では、市振漁港ではイカや甘えびが獲れているとのことだった。

3

芭蕉は加賀の金沢へ入るまで、一句しかしるしていないが、これも私の好きな句だ。

　早稲の香や分け入る右は有磯海

越中の国、富山県である。陽暦八月下旬、曾良の日記には「暑甚シ」の字が続く。疲労のせいか暑さのせいか、「翁、気色不レ勝」。

さすがの芭蕉もバテ気味である。

黒部川の下流、「数知らぬ川を渡りて」那古という浦に出た。那古はいま富山県新湊市（現・射水市）の海岸で歌枕である。更に同じく富山湾沿いの担籠（氷見市）も古い歌枕、双方とも万葉の家持の歌で知られる。ことに担籠は藤の名所として有名なので芭蕉は行ってみたいと思ったが、辺鄙な海辺、宿貸す人もあるまいとおどされて、あきらめる。「早稲の香」の句は、那古の浦らしい。

私たちは朝日I・C（インター・チェンジ）から北陸自動車道へ入り、小杉I・Cで下りる。ここは富山県射水郡（現・射水市）、ああそういえば、越中守として赴任した大伴家持が「朝床に聞けば遥けし射水河　朝漕ぎしつつ唱ふ船人」と詠んだところだったっけ。高岡へ入れば、万葉電車と呼ばれる市電が走っている。このへんは『万葉集』の遺蹟や歌枕の多いところなのである。いつか雨は止んでいる。

新湊市の放生津八幡宮の裏手の海が奈呉の浦だという。海はやや遠くにあり、コンクリートの道が続いていた。境内に「早稲の香や……」の句碑がある。

放生津八幡宮は、家持が宇佐八幡神を勧請して、奈呉八幡宮として興したというが、なかなか品のいい、気高い神社であった。拝殿前の木彫の大狛犬も風格がある。いい狛犬である。芭蕉は有磯海を右手に見つつ、万葉の歌枕をしのびつつ、このあたりを歩いたろう。

この日、放生津八幡宮の境内では寒くて、みなみな、震えあがってしまった。九月二十六日というのに、初冬のような寒さである。

倶利伽羅峠について芭蕉は何も書き残していない。しかしこの越中と加賀の国境は、源平合戦の古戦場で、木曾義仲があまたの牛の角に松明をつけさせ平家の陣に追いこんで、平維盛の軍を破ったところである。私たちはタクシーを乗りかえ乗りかえして、倶利伽羅峠の旧道を越えることにする。

頂上には〈平家本陣軍略図〉などの札が立ててあって、合戦がまるでこの間行なわれたような雰囲気である。芭蕉の、ここに据えられた句碑は、「義仲の寝覚の山か月かなし」。角に松明をくくりつけられた牛が、後肢を跳ねあげてポーズを取っている銅像などあって、峠の公園は今は、行楽地になっているらしく、家族連れがピクニックに来ていた。

芭蕉は七月十五日、峠を越えて金沢に着く。

私たちの車も金沢へ向う。

倶利伽羅峠を越えるや否や、たべもの屋の看板が、がらりと変ったのに私は気付いた。なぜか急に、〈うどんすき〉〈お好み焼き〉という、大阪風なものが多いのだ。金沢文化は上方風であると思ったりする。〈たら汁〉なんていう看板はもう出てこない。

芭蕉は金沢へ着いて、曾良のメモによれば、京屋吉兵衛方に宿をとった。そうして金沢に来たら会おうと楽しみにしていた竹雀・一笑へ通知する。まもなく竹雀が訪れてきて、小杉一笑が去年十二月六日に亡くなったことを知らされる。芭蕉はどんなに驚き悲しんだことであろう。

「一笑といふ者は、この道に好ける名のほのぼの聞えて、世に知る人もはべりしに、去年の冬早世したりとて、その兄追善を催すに、

塚も動けわが泣く声は秋の風

ある草庵にいざなはれて

秋涼し手ごとにむけや瓜茄子

途中吟

あかあかと日はつれなくも秋の風」

小杉一笑は金沢で葉茶屋を営んでいた。金沢蕉門の中でも芭蕉が頼りにしていた門人だったらしい。それまで会ったことはなかったようであるが、芭蕉も彼の才能に嘱目して楽しみにしていた。私たちは金沢で一泊して、翌朝から芭蕉の足跡を求めて町に出る。金沢

はゆっくりと遊びたい町であるが、今日ばかりは仕事がらみでゆっくりできない。それにしても、卯辰山と犀川の美しいのに感心した。川の美しさは京の賀茂川が一ばんと思っていたが、犀川はむしろ賀茂川より美しく貫禄ある川である。

犀川大橋の南詰の句碑。

あかあかと日はつれなくも秋の風

残暑きびしいのに、風はもう秋風ではないか。日ざしは真夏そのまま、秋の気配もそしらぬ風のはげしさであるが。——この句、どこか近代詩の感触があり、あたらしい。同句の碑がここから近い小さいお寺、成学寺の境内にもあった。ついでにその横手の碑、読みあぐねて皆で顔をあつめて見入っていると、お寺の奥さんが、「物もたぬ身の気安さよ老の春」と、すらすら読んで下さった。まだ若い奥さんが何心もなくよまれるだけに、老来ますます、下らぬよしなしものを蒐めたり、取り寄せたり、買いためたりしている私は、一撃されたようにひるんでしまった。ショックのあまり、その句の作者を見るのも失念してしまった。

そこから更に通りを突っ切ってゆくと木一山願念寺（野町一丁目）、ここはがっちりした山門があり、向って左に「つかもうごけ」の句碑がある。小杉家の菩提寺で、一笑の墓がある。一笑の辞世の句は「心から雪うつくしや西の雲」だったらしい。この願念寺はやってくる人も多く、門前がにぎやかだと思ったら、団体さんたちはどうやら隣の忍者寺、妙立寺を観にきたようであった。

この金沢では、芭蕉はあちこちへ招かれ、精力的に動いているが、今度は曾良が参ってしまったようである。病気のため、一人宿に残ることが多かったようだ。それでも二十四日、二人は盛大な見送りを受けて金沢を発った。

4

芭蕉らは小松へ出る。(石川県小松市)小松という名を賞でて、

しをらしき名や小松吹く萩すすき

これは日吉神社の神主、藤村伊豆宅での俳席で、芭蕉の発句。

私たちが小松を訪れたのは、最初の取材から丸一年経っている。二ヵ月に一度くらいの

取材行であったが、それは八回に及び、やっと小松まで芭蕉のあとを慕ってきたわけである。

ところでこの取材に、私とひい子は大阪発の雷鳥（らいちょう）九号に乗り遅れ、次の白鳥（はくちょう）何号かだかに、あたふたと乗った。車掌さんがたいへん親切で、北陸本線・小松駅のホームで待っているに違いない妖子と亀さんに、遅れることを伝言できないだろうかというと、駅へ連絡しましょう、といって下さった。

それは有難かったが、この白鳥何号だかは旧式車輛で、――もっともそれはかまわない、私は新でも旧でも気にならないのだが――そのせいかどうか、トイレの臭いが強烈だった。私はどんな所でも弁当を拡げられる女であるが、さすがに駅弁を開くのを躊躇（ちゅうちょ）したくらい。しかしやっぱり、間をおかず蓋（ふた）を開いて食べてしまったが。

小松駅には、妖子と亀さんが待っていてくれた。駅の人が妖子に連絡を伝えてくれたよし、小さい駅で、ホームの乗客も数少いから、そういうときは便利である。私たちは去ってゆく白鳥何号かの列車の車掌さんに手を振ってお礼をいった。

ついでに、強烈だった臭いのことも妖子にいってしまう。

〈えーっ。よくもそれで『白鳥』なんて名がつけられますねっ〉

というのが妖子の感想。ひい子は、

〈まあ、白鳥にもいろいろ、汚れたのもいるでしょうし〉

私たちを待つあいだ、妖子と亀さんはホームに隣接した、しゃれた軽食堂で、〈駅長さんのライスカレー〉などというものを機嫌よく食べていたらしい。ここは例の、元国鉄職員たちの経営している食堂らしく、頑健・無骨、しかし好青年の兄ちゃんたちが、エプロンなど着け、〈世が世なら……〉というような憮然とした感じで注文をききにくる。

「しをらしき」の句を詠んだ日吉神社（小松市本折町）にこの碑があり、境内には萩の花が咲き乱れていた。日吉神社のお使いは猿で、境内いたるところ、神猿の像がある。神の使いの猿は真猿と呼ばれ、〈魔去る〉〈勝る〉に通じるところから、魔除け厄除けとして信仰されているそうである。烏帽子をかぶり幣帛をかついだ猿の石像など可愛い。

そこから遠からぬところに多太神社があり、ここには実盛の甲があると伝える。今は見ることができない。しかし芭蕉の頃には誰でも見せてもらえたらしい。

実盛は斎藤別当実盛、源平時代の勇士である。初め、源義朝に仕え、平治の乱後、平家に仕える。平維盛に従って源義仲の軍と戦い、義仲の家来、手塚の太郎と一騎打になるが、名乗らぬまま討たれる。「実盛、心は猛けれども、老武者なり、手は負うつ」（『平家物語』）首をはねられ、義仲の前へ据えられる。討ち取った手塚はいう、「『名のれ』とせめ候ひつれども、つひに名のり候はず。『侍か』と見れば、錦の直垂を着て候。また『大将か』と思へば、つづく勢も候はず。声は坂東声にて候ひつる」関東訛りの言葉だったというのである。義仲は幼時、実盛に庇護されたことがある。あわれ、これは実盛に違いないが、それにしては鬢も鬚も黒いのが解せぬ、幼時に見たときはすでに胡麻塩あたまであった、今はすでに白髪になっていようものを、年来旧知の者なら見知っていようかと樋口の次郎を呼んで見せる。樋口は一目見て涙にむせぶ。

「あな無漸や。実盛にて候ひけり」

それにしては鬢・鬚が黒いぞ、と問われて、樋口は涙を押しぬぐい、実盛はつねづねこう申しておりました、と語るのである。

「実盛、六十にあまつて軍の場に向はんには、鬢、鬚を墨に染めて若やがんと思ふなり。そのゆゑは、若殿ばらにあらそひて先を駆けんも大人げなし。また、老武者とてあなどられんも口惜しかるべし」

義仲が髪を洗わせてみると、果して白髪があらわれたのだった。また実盛はこの戦を死場所と覚悟していたらしく、平家の総大将・宗盛に、大将しか着ることを許されぬ錦の直垂(鎧の下に着る衣服)を着ることの許しを乞うたという。実盛は所領を武蔵に持ち坂東武者のように思われているけれども、出身は越前であった。越前の戦いには、「故郷へ錦を着て帰る」ということわざのように「錦の直垂を御ゆるされ候へかし」といって許されたのであった。
さきの、平泉の高館における兼房のように、また実盛のように、老武者の心意気のすがすがしさは、芭蕉の共感を誘うのであろう。

「この所、多太の神社に詣づ。実盛が甲・錦の切あり。往昔、源氏に属せし時、義朝公より賜らせたまふとかや。げにも、平侍のものにあらず。目庇より吹返まで、菊唐草の彫りもの金をちりばめ、龍頭に鍬形打ったり。実盛討死の後、木曾義仲 願状に添へて、この社にこめられはべるよし。樋口の次郎が使せしことども、まのあたり縁起に見えたり。

むざんやな甲の下のきりぎりす」

この句碑は境内にあるが、それには「あなむざん……」となっている。神社の鳥居前、参道の左には、甲の像を頂いた台石があり、社宝の実盛の甲についての由来がしるされている。この青銅製の甲は、五月の節句の飾り物のように可愛らしい。
実盛、といえば戦前の日本人なら、誰でも知っていた。（ああ、あの、白髪を染めて若者に負けずに花々しく戦って戦死した老武者……）と、反射的に思い起したものである。

芭蕉も曾良ももとよりのこと、殊に江戸時代の知識人としては謡曲からの教養が大きいので、謡曲「実盛」をも思い合せたことだろう。初案は「あなむざんや」であったらしい。

この神社でもう一つ目についたのは〈初老連〉という奉納者の名。石の玉垣や、お堂の軒にずらりと名がしるされている。〈奉納　初老祝〉の字も見える。この地では四十になったら初老といい、初老祝を盛大にやる、ということを聞いた。

小松ではもう一個所、建聖寺がある。芦城小学校のそば（寺町）で、門に向って左手に〈はせを留杖ノ地〉という石の標柱が立っている。境内に「しほらしき……」の句碑があるが、芭蕉がここに杖を留めたかどうか、まだよく研究はされていない。曾良の随行日記に「立松寺」とあるのはこの建聖寺のことではないかと推考されているばかり。

ここには、北枝の作という芭蕉の木像がある。立花北枝は小松生れで、金沢に住み、刀の研師であった。談林派の俳人だったが、芭蕉の金沢来遊の折、門人となり、芭蕉を送りがてら、ここまで来たのである。その北枝が芭蕉の面影を心こめて刻んだという。

木像は二十センチほどの高さで黒光りしている。頭巾をかぶり左膝を立てた坐像である。顴骨たかく眼窩くぼんで、頬の肉の落ちた厳粛な表情、古びた網代の厨子におさめられているのを、お寺の人が出して見せて下さったのであった。

この小松でも、芭蕉と曾良は歓待されているが、金沢や小松では、江戸の新風をうちたてた芭蕉の名が高かったのであろう。しかし長途の旅ではさまざまな目に会った。芭蕉が「暑湿の労に神を悩まし、病おこりて事をしるさず」と書いた越後路では宿をことわられたりしている。柏崎で、天屋弥惣兵衛への添状をもらってきていたが、天屋方ではつれないあしらいだったらしい。「不レ快シテ出ヅ」と曾良は書く。天屋はこのあたりの大庄屋であった。芭蕉たちが不快になって出たので天屋方も気がとがめたのか、二度まで人を道へ走らせ止めたが、二人は止まらないで、小雨の中をどんどん歩き、柏崎にはもはや宿を求めず、次の鉢崎（柏崎市米山町）まで歩いて、たわらやという宿へ入っている。柏崎はあたら芭蕉のゆかりを逸したのである。

次の今町（現在の直江津）でも同じような目にあった。聴信寺へ、添状を持って訪れたが、忌中とのことで冷淡に応対されたらしい。芭蕉たちが踵を返すと、そのことを聞いたのか、石井善次良なる者が人を走らせてとどめたが、二人は戻らなかった。しかし再三引きとどめられ、折から雨も降ってきたのであと戻りし、旅宿・古川市左衛門方へ泊った。翌日、聴信寺から招かれたが、「再三辞ス」というあんばい。しかし強いて招かれたので訪れた。この地での俳席も持たれたが、芭蕉の気色がすぐれなかったせいか、低調である。天屋も聴信寺の住職も貞門・談林派の俳人だったというが、ここ越後路までは芭蕉の知名度は低かったのかもしれない。僧形のみすぼらしい乞食、と思われたのかもしれぬ。引きとめられても戻らなかった、というところに、芭蕉と曾良の背骨のしたたかさが感じられる。

風雅を解する人々の、心からの饗応なら芭蕉も喜んで受ける。その他の場合なら、芭蕉は価を払って旅をつづける。(那須野の馬を貸してくれた農夫に賃銀を払ったように)しかし二人のプライドを傷つけるような応対に堪えるいわれはないのだ。「道迄両度人走テ止、不レ止シテ出」と曾良は書く。その心情には芸術家の矜持というより前に、武家あがりという硬骨もあるような気がされる。

蛤(はまぐり)のふたみの別れ

1

芭蕉たちは山中(やまなか)温泉（石川県江沼(えぬま)郡山中町　現・加賀市）をめざす。曾良はあいかわらず不調である。金沢では医師に往診してもらったり、投薬を受けたりしていたが、一向よくならぬ。それでも山中温泉の効用をたのみに、まだ芭蕉と同行している。

その途中、芭蕉は那谷寺(なたでら)（石川県小松市那谷町(なたまち)）に参詣(さんけい)する。（事実は小松から山中へ直行し、再び小松に戻る途中、那谷寺へ詣(もう)でたようであるが）那谷寺は西国三十三ヵ所の別格として関西では有名である。第一番の札所、紀伊(きい)の那智山と、第三十三番の美濃(みの)の谷汲山の一字ずつをとって那谷(なた)寺と改められたのは花山法皇だといわれる。それまでは奇岩怪石の上に開かれたこの寺は、岩屋寺(いわやじ)とよばれていた。養老元年（七一七）泰澄(たいちょう)大師の開基、という。「奇石さまざまに、古松植ゑ並べて、萱葺(かやぶき)の小堂岩の上に造りかけて、殊勝の土

地なり」と芭蕉のいう通り。ここでの句は、

　　石山の石より白し秋の風

この石山は、那谷寺の石を指すともいわれ、近江石山寺の石山のことだ、ともいわれ、私としても、どちらをとっていいか分からない。しかし少くとも現代の那谷寺の石は殆ど黒いといっていい。芭蕉以後、三百年の間に黒くなったというようなものではなく、かぐろいというか、ドス黒いというか、何万年の風霜が石を染めたという感じである。木々の間にそれらはごろりと、あるいはにょっきりと、あるいはぐさりと、あるいはぬうっと、また、むっくりと突き出、臥し、岩面は横に裂け（その奥に石塔などが祀られている）無数の穴をうがち、縦にひびわれ、苔や灌木が生えている。日のあたらぬ側の石は旧苔で掩われ、一層、黒みを帯びている。

されば「石山の石より白し……」というのは近江の石山寺の石ではあるまいか。あの寺の石は、私が以前に見たとき、やたら白い、という印象を受けた。しかし那谷寺で、石山寺を連想する必然性があるかといわれると、私も何ともいえない。

ともあれ、岩窟の奥に安置された仏たち、岩にさしかけた本堂など、一種妖しい霊域で

ある。しかし同じような作りでもごつごつした立石寺と違い、ここは庭園もたてものも優美である。私は立石寺の〈せみ塚〉を見落したが、ここの翁塚は本堂へゆく参道の下に建っている。「石山の……」の字も、石の色変じてかなり読みにくいが——「石より白し秋の風」というのも近代感覚に通ずる。

「温泉に浴す。その効、有馬に次ぐといふ。

山中や菊は手折らぬ湯の匂

あるじとする者は、久米之助とて、いまだ小童なり。かれが父、俳諧を好み、洛の貞室、若輩の昔ここに来たりしころ、風雅にはづかしめられて、洛に帰りて貞徳の門人となつて、世に知らる。功名ののち、この一村、判詞の料を請けずといふ。いまさら昔語とはなりぬ」

芭蕉たちは山中温泉の和泉屋へ泊った。あるじはまだ十四歳であった。久米之助はこの折芭蕉に入門して〈桃妖〉という俳号をもらう。この一家は代々俳諧を好んだらしく、久米之助の父（曾良は祖父としている）も俳人だった。京都の俳人・貞室がまだ若かったころ、ここへ来て、俳諧のことで恥ずかしい思いをし、発奮して京へ帰って貞徳の門人となり、世に知られるほどの者となった。俳人として名を成したのち、この一村の添削批評の礼金は受けなかったということである。芭蕉は俳諧好きな山中温泉のゆかりに好感を寄せ、またここの温泉も心に叶ったようだ。――菊は長寿を保つ霊草というけれど、この湯に浸かっていれば菊は手折らずとも命が延びるようだ。効めあらたかな湯の匂いがみちて……という句意か。

私たちも山中温泉のY屋に泊る。山中ぶしがゆるやかに流れる大浴場には、窓の外の大聖寺川と向う岸の緑が見わたされ、透明で熱い湯は芭蕉の句のように命も延びるばかりに思われる。芭蕉はここで曾良と北枝を連衆として歌仙を巻いた。北枝はこのときの芭蕉の添削と批評を書きとめた。

それを今に、「山中三吟」といっている。

このY屋の夕食に出たホタル烏賊の塩辛がきわめて美味だったので、売っているものかどうか聞いたら、お分けしますとのことだった。早速、おみやげに求める。長月二十日というのに、焼物にはもう、松茸の奉書焼が出た。お酒は〈獅子の里〉、いかにも山中温泉らしいネーミングであるが、芸者衆を呼びはしなかった。

ここは大聖寺川に沿う古い温泉街で、町の中ほどに共同浴場〈菊の湯〉がある。昔はみな、この湯に浴したといわれ、芭蕉が漬かったのもここであろう。泊った和泉屋あとはその向いの辺ではないかといわれる。そこは現在呉服屋さんになっていた。店のそばに〈芭蕉逗留泉屋の跡〉とあり、側面に「湯の名残今宵ハ肌の寒からむ」という芭蕉の句がある。

このそばの電話ボックスには〈山中節が聞けます〉と書いてあった。

Y屋の美しく若きおかみさんに見送られて宿を出れば、美しい初秋の日和、大聖寺川沿いに下って黒谷橋をわたると芭蕉堂があり、その横に、かの桃妖の句碑がある。「紙鳶きれて白根が嶽を行方かな　桃妖」――かの小童は無事成人し、幸せな一生だったようである。昼も暗いほど、木々が茂っている。

川の上流、道明が渕にも「やまなかや」の句碑があるが、これは崖下の遊歩道になっているので手前の岸からは、細い、手すりもない橋を渡らねばならない。私は遠慮し、例により、妖子と亀さんが勇ましく橋を渡って撮影にいった。

2

「曾良は腹を病みて、伊勢の国長島といふ所にゆかりあれば、先立ちて行くに、

行き行きて倒れ伏すとも萩の原　曾良

と書き置きたり。行く者の悲しみ、残る者のうらみ、隻鳧(せきふ)の別れて雲に迷ふがごとし。予もまた、

今日よりや書付(かきつけ)消さん笠の露」

隻鳧(せきふ)は一羽だけになった鳧(けり)のことである。二羽仲よく連れ立って飛んでいたものを。〈同行二人〉の笠(かさ)の文字を、笠にかかる露で消して、別離の悲しみに堪え、これからは一人旅をつづけよう。——芭蕉はそう詠む。

曾良の句は初案「跡あらむたふれ伏すとも花野原」だったらしい。それが「いづくにかたふれ伏すとも萩の原」とかわり、これが芭蕉の推敲(すいこう)によって「行き行きて倒れ伏すとも萩の原」に定着したらしく、いわば曾良と芭蕉の合作ともいえる。——単身、師に別れてゆく自分は行き倒れて死ぬかもしれませぬ。しかしおのれもまた、風雅を愛する者として、死ぬのも萩(はぎ)の咲く野原でありとうございます……。

曾良の句は、芭蕉が代作したもののほかは、あまりいい句といえないのだが、これはいい。実をいうと私は昔からこの句が好きだった。昭和三十九年に芥川賞を受賞したとき、親しくして頂いていた先輩の二人の方が、榊莫山氏の書をお祝いにあげましょうといわれた。屏風がいいと思うが、何かふさわしい佳句か、好きな嘉言を考えなさいといわれ、私はこの句を挙げた。受賞してもこのあと書けるかどうか、菲才の私は不安だった。しかし好きな道を往って斃れるならいいじゃないかという、若者らしい（実はそう若くもなかったのであるが）気負いであった。榊莫山氏は快く筆を把って下さった。飄々としたおもむきの、雅致ある字で、〈まあそう気張らんと、肩の力をぬきなはれ〉とおっしゃっているようであった。

芭蕉は曾良のかわりに北枝を伴って、城下町・大聖寺の郊外、全昌寺へ泊った。当時の住職は久米之助の伯父だったらしい。その縁で紹介されたのであろう。北枝は芭蕉に傾倒し、芭蕉も、北枝の人柄と才能が、意に叶ったようだ。全昌寺は前晩、曾良が泊って、

終宵 秋風聞くや裏の山

という句を残していた。「一夜のへだて千里に同じ」と芭蕉はいう。

一宿させてもらい、今日は越前までと心もせいて寺を出ようとすると、「若き僧ども、紙・硯をかかへ、階（きざはし）のもとまで追ひ来たる。をりふし、庭中の柳散れば、

庭掃いて出でばや寺に散る柳

とりあへぬさまして、草鞋（わらぢ）ながら書き捨つ」


象潟からこっち、日本海側をあるく芭蕉の筆はいよいよ簡潔で短く、心せわしい。むすびの地へと一挙に落ちるように、ほんのメモ代りという書き方になっている。全昌寺（石川県加賀市大聖寺神明（しんめい）町）は現在、静かな小ぢんまりした寺で、境内に入ると白萩紅萩がさかりだった。海棠（かいどう）、吾木香（われもこう）、彼岸花、秋の花々が咲き乱れる中に〈はせを塚〉と「庭掃て……」の句碑がある。

曾良の「終夜（よもすがら）……」の句碑もあり、曾良の頃そのままに裏山は雑木の繁る墓地だった。

柳は本堂前に、枝を風に吹かれて立っているが、芭蕉によまれた柳から三代目だそうである。ここにはカラフルな五百羅漢もいられるが、それを見ているうちに、杉風作と伝え

られる芭蕉木像を見るのが大儀になって、お寺へいい出さないで出てしまった。

越前との国境、吉崎の入江に汐越の松という歌枕がある。海岸の松ゆえ、汐は枝を洗い枝々は濡れる。芭蕉はこれを見にゆき、やはり実作はせず、西行の歌の通りだったといって、その歌をかかげる。「終宵嵐に波を運ばせて　月を垂れたる汐越の松」。

吉崎（福井県坂井郡金津町　現・あわら市）は蓮如上人のゆかりで有名だが、この汐越の松はいま芦原ゴルフクラブの中にあり、誰でも見られるわけにはいかないようである。事務所の方が車で案内して下さったが、松林の中に、

〈奥の細道汐越の松　遺跡〉

という名の標柱がある。眼下の海は遠くなっていたが、海の色は日本海でなければ見られないような冴えた紺青色である。

松岡（福井県吉田郡）の天龍寺、ここの住職が知る人だったので芭蕉は訪ねたが、金沢から送って来た北枝はここで別れゆくことになった。「物書いて扇引き裂く名残かな」というのが芭蕉の離別句だが、どうもわかりにくい。初案は「扇子へぎ分る」だったという。それならば、扇をかたみに二つに分けて、別れの記念としたとも思えよう。北枝は脇を「笑ふて霧にきほひ出でばや」とつけたようである。「笑うて」というが、泣く泣く別れた、とある。互いに句を扇に書き、引き裂いてかたみに与え合ったのか。この句碑が天龍寺の

中にある。

天龍寺では暑かった。まだ扇子の要るころである。私がここを訪れたのは九月二十一日、ほとんど芭蕉の来たのと同日ごろ。天龍寺の近くに、いかにも昔の城下町らしいたたずまいの美しい古い家があり、造り酒屋さんらしい。

芭蕉は永平寺へも詣っているが、ここはかなりはしょっているので私も福井へいそごう。芭蕉は、松岡から福井までが、初めての一人旅であった。ここへは旧知の等栽という隠士をたずねる。そうして連れ立って敦賀へ向うのであるがここの文章は中々いい。

「福井は三里ばかりなれば、夕飯したためて出づるに、たそかれの道たどたどし。ここに、等栽といふ古き隠士あり。いづれの年にか、江戸に来たりて、予を訪ぬ。はるか十年あまりなり。いかに老いさらぼひてあるにや、はた死にけるにや、と人に尋ねはべれば、いまだ存命して、『そこそこ』と教ふ。市中ひそかに引き入りて、あやしの小家に、夕顔・へちまの延えかかりて、鶏頭・帚木に戸ぼそを隠す。さては、このうちにこそ、と門をたたけば、侘しげなる女の出でて、『いづくよりわたりたまふ道心の御坊にや。あるじは、このあたり何某といふ者のかたに行きぬ。もし用あらば訪ねたまへ』と言ふ。かれが妻なるべしと知らる。昔物語にこそ、かかる風情ははべれと、やがて訪ね合ひて、その家に二夜泊りて、名月は敦賀の港に、と旅立つ。等栽も共に送らんと、裾をかしうからげて、道の枝折と浮かれ立つ」

この「妻」もいい。用があるなら誰それさんへいっとくれ、うちの亭主はそこへいってるんだよ、と、ぶっきらぼうである。しかし不親切なのではなく、二夜も泊めている。もとより、等栽との再会、会話が、芭蕉にとって心ゆくものであったればこそ、芭蕉もくつろいだのであろうけれど。

伝えられる所では、赤貧洗うが如き等栽は、家に余分の夜具などあろうはずもなく、枕さえないので、折から近くの工事場にゆき、手頃の木の端を拾って来て、芭蕉の枕にしたという。芭蕉はそれも嘉したであろう。尾花沢の清風邸での豪奢なもてなしも、等栽の木片の枕も、風雅の誠あれば同じことである。等栽の淡々たるスケッチもいい。裾おもしろくからげ、さらば道案内つかまつらんと、浮き浮きと出立したというのである。飄逸の隠士である。福井では重きをなす俳人だったらしいが。

この等栽宅跡はいま福井市左内町、左内公園の一隅に〈芭蕉宿泊地〉としてある。公園の生垣に埋もれて見落しそうな処である。左内公園というのは勤皇の志士橋本左内を記念して命名したらしく、公園のまん中に、大きい左内の銅像がある。それに目を奪われてしまうが、公園内にはまた「名月の見所問ん旅寝せん」の芭蕉の句碑もある。

敦賀へ向う途中、歌枕で有名な〈あさむづの橋〉（福井市浅水町。浅水川にかかる橋）や、〈玉江の蘆〉（福井市花堂）など、芭蕉は見てあるき、湯尾峠を越え、燧が城をすぎ、またも歌枕の〈帰山〉で初雁の声を聞いて、八月十四日、敦賀へ入っている。十五夜の満月の前夜だった。

その夜の月はことに晴れた。明晩も晴れるだろうか、と宿の亭主に聞くと、北陸路の空は天気がかわりやすうございます、明日もこんなに美しい月夜かどうか、わかりかねますといわれ、酒をすすめられた。月見は今宵に、というのであろう。

芭蕉らはそれで思い立ち、気比神宮に参詣する。越前国一宮、仲哀天皇を祀る。「社頭神さびて、松の木の間に月のもり入りたる、御前の白砂霜を敷けるがごとし」。

古例により、代々の遊行上人が神前に砂を運び、敷くという行事があり、これを〈遊行の砂持ち〉というのだ、と宿のあるじは語る。

月清し遊行のもてる砂の上

――気比神宮は昭和二十年の空襲で焼失し、現在の社殿は昭和三十七年の再建、いまもなお再建が続けられているらしい。ここの鳥居は豪壮で美しい。

境内には芭蕉の句碑が多く、右の句を石の台座に彫った芭蕉の銅像もあった。これは日本芸術院会員富永直樹氏の作。

この芭蕉は、清らかに痩せて、宿願の奥羽旅行を果した安堵と満足感のほほえみをたたえ、慈容というべき、やさしい表情である。頭巾をかぶり、左手に笠、右に杖、法衣をひるがえしてたたずむ姿。

敦賀で私たちは一泊したが、ここは漁港だけに、宿の向いの魚市場は早くからセリの声が威勢よく聞えていた。芭蕉がここへきたときは、翌八月十五日、「亭主のことばにたがはず、雨降る」とあって、

名月や北国日和定めなき

とよんでいる。弁当を忘れても傘を忘れるなといわれるこの地方らしい。しかし私の行ったときはよく晴れ、敦賀は美しい港だった。

芭蕉らは翌日、好晴だったので、敦賀湾の西岸の歌枕、色の浜へ見物に出かける。天屋五郎右衛門、俳号玄流、この人が弁当や酒を用意してくれて舟を出した。漁師の小家があ

るだけで、ほかには「侘しき法華寺あり」という所だった。「ここに茶を飲み、酒をあためて、夕暮の寂しさ、感に堪へたり。

寂しさや須磨に勝ちたる浜の秋

波の間や小貝にまじる萩の塵」

芭蕉は『奥の細道』では雄大な句、豪宕な句を多く得たが、巻を閉じようとするときに繊細にして柔媚な句を配し、優婉の色をただよわせる。

色の浜における西行の歌、「汐染むるますほの小貝ひろふとて　色の浜とはいふにやあるらむ」も、仄かにあでやかな匂いがあるゆえ、それを踏まえているのかもしれないが、色の浜の句に『源氏物語』をひびかせている。軍記物の雄壮な昂ぶりをうたいあげつつ、やがて一巻の風趣は、やさしい王朝の恋物語を暗示する。終章へ向かう、静かな旋律である。

私は疲れて色の浜を見ることができなかった。妖子は亀さんを午前六時に叩き起し、撮影に出かけていった。よくそんな時間に若い亀さんが起きられたものだと思ったが、仕事熱心で人柄のいい亀さんは、〈偶然、起きていました〉とつつましくいっていた。

ますほの小貝というのは、薄紅の小さい貝で、色の浜の名物というが、妖子らは拾えなかったそうだ。海は美しいが、寂しい浜辺だったといっていた。

3

芭蕉を迎えに路通がこの湊までやってきた。美濃へ随行しようというのである。芭蕉は疲れたのか、馬に乗って大垣へ入った。（岐阜県）ここは戸田氏十万石の城下町、ここには友人・知己も多く、俳諧のさかんな土地、芭蕉は人々に歓び迎えられる。喜悦の情あふれる書きぶりである。

「大垣の庄に入れば、曾良も伊勢より来たり合ひ、越人も馬を飛ばせて、如行が家に入り集まる。前川子・荊口父子、そのほか親しき人々、日夜とぶらひて、蘇生の者に会ふがごとく、且つよろこび、且ついたはる」

この、みんながその宅に集ったという如行は近藤源太夫、大垣藩士だが、この頃は致仕している。大垣蕉門の中心人物であった。前川は俳号で津田荘兵衛、これも大垣藩士、荊口父子というのは宮崎荊口と此筋の父子で、いずれも大垣藩士で蕉門の人々である。越人は越智十蔵、名古屋の染物屋である。この他、当然来て会したであろう地許の大垣俳人、谷木因、高岡斜嶺ら。木因は船町湊の船問屋で、芭蕉とのゆかりは深く、芭蕉がはじめて大垣に木因を訪れてから五年たっていた。芭蕉の大垣来遊は、このたびで三度めであった。武士も町人もうちまじり、富家の者も貧家の者も共に膝を交えて、芭蕉を囲み、再会を喜びあう、風雅の交りのさわやかさ。

私たちは敦賀からＪＲで大垣へ着いた。

私は、大垣は初めてである。

如行邸跡として蛭子神社（室村町）鳥居の右側に標柱が立っているが、これはややまぎらわしいらしい。そこから北東へいった八幡神社には〈冬ごもり塚〉として「折々に伊吹を見ては冬ごもり」の芭蕉の句碑がある、もっともこれは元禄四年の句なので、この旅よりあとのこと。大垣から伊吹山が遠望できるのである。

如行は大垣で最も早く芭蕉の門人となった人で、芭蕉との交りは深く、芭蕉は大垣を訪れるたび、しばしば如行の宅を宿としている。

霜寒き旅寝に蚊屋を着せ申し　如行

古人かやうの夜の木枯　芭蕉

如行と芭蕉のかたい心の結びつきが偲ばれるではないか。如行はのちに芭蕉の死を悲しんで追悼の俳莚を催し、百ヵ日忌には、追悼碑を建立して「後の旅集」を編んだ。

この大垣市は『奥の細道』掉尾の地となった晴れがましさを記念して、〈奥の細道むすびの地記念館〉を建て、大垣関係の俳諧文書、資料を展示している。特に木因に関する文書があるのは貴重である。

そこをざっと一見して、もう昼になっていたから私たちはとりあえず、食事を摂ろうとした。タクシーの運転手さんに聞くと、

〈さあ。大垣はおいしいものってないところでしてねえ。え？　郷土料理？　それもないですよ〉

という。地もとの人がいうのだから助からない。不吉な予感がしたが、目についたおすし屋へ入ってみる。寝くたれ髪のおばさんが出て来た。お絞りやお茶を出す。たいていここで、おじさんが代り、カウンターの向うに立つところであるが、おじさんの出てくる気配はなく、おばさんが〈何をしますか〉と聞く。ガラスケースの中のすしだねは、何だか拗ねているように色わるかった。不安になってきた。まさかと思うが、皆々大事な取材中

でもあるし、さし支えたらいけない、私はお新香(しんこ)巻きとか、あなご、などのように、漬物や火を通したもののほうがいい、などと、皆のために一生けんめい苦慮しているのに、亀さんは元気よく、

〈トロ！〉

という。ケースの中を見たら、トロがある店かどうか、わかりそうなものなのに。おばさんは動じないで、

〈トロはないです〉

〈では、ウニ〉

〈ウニもないです〉

皆、食べられるものを注文するのにしばし頭をしぼった。妖子はよしなきことを聞く。

〈ここの魚は、どこから来ますかっ〉

〈どこからったって……〉

おばさんは、とろとろした手つきで握りながら、語尾は立ち消えになった。握るほうに気を取られるらしかった。

とにかく何だか口へ入れ、やっと出てみて、

〈いやー、ナスビの古漬でも巻いてあるのかと思ったら、それが鉄火巻でした〉

とか、

〈チューインガムのようなタコだった〉

とか大騒ぎになってしまう。ひい子は個人的興味嗜好から観察力が鋭いとみえ、

〈あのおばさんは、昼寝してたんですよ、奥の座敷に枕がみえました〉

船町の水門川畔へいく。ここに〈史蹟奥の細道むすびの地〉の記念碑がある。

大垣市中を流れる水門川は、市民の努力のせいか、水の美しい川だった。昔はここを川舟が上り下りし、舟運の便がよく、経済の中心地として栄えたという。木因は俳人ではあるが、富裕で有力な船問屋でもあった。木因の邸あとは今、ビルになっている。

むすびの地記念碑は石の標柱で、そのまわりに、芭蕉と木因の銅像、〈船町港跡〉の説明板、蛤塚などが整然と配されており、石だたみは白く輝き、清潔であかるい。

芭蕉は大垣に着くや、心おきない如行の家で長途の旅の疲れをやすめたようである。如行の門人だった竹戸が（この人は本職は鍛冶屋だったが、大垣蕉門の一人である）日参して、心こめて芭蕉の疲れを按摩で揉みほぐした。芭蕉はその好意を喜び、労に報いるため、長旅の道中に使い古した紙子を記念に与え、かつ「紙衾ノ記」なる一文を贈った。竹戸の喜びはいかばかりであったろう。その紙子こそ、「越路の浦々、山館・野亭の枕のうへには、二千里の外の月をやどし、蓬もぐらのしきねの下には、霜にさむしろのきり〴〵すを

聞て、昼はたゝみて背中に負ひ、三百余里の険難をわた」ったものである（芭蕉「紙衾ノ記」）。「奥の細道」を歩いた芭蕉の苦労をつぶさに知る、風雅の記念であった。

紙子というのは紙で作った着物で、和紙に柿渋を塗り、陰干しにして夜露にさらし、揉み柔らげて作る。軽くて暖かく、防寒着とも虫よけともなり、簡便な旅行着として愛用された。

竹戸は喜んで、「長き夜のねざめうれしや敷ぶすま」「首出して初雪見ばや此衾」の句をよんだ。

路通や越人、曾良たちは、みな、竹戸の幸せをうらやむ。

露なみだつつみやぶるな此衾　路通

くやしさよ竹戸にとられたる衾　越人

ことに曾良はねたましい。

「此ふすまは是はてしなきみちのくより、あら海の北の浜辺をめぐり、みのの国まで翁のもち給へり。我したがつて旦夕にこれをおさむ。いま竹戸にあたへられし事をそねんで、奪んとすれど、大石のごとくあがらず。おもふべし。衾のものたる薄してそのまことの厚き事を。

　たたみめは我手の跡ぞ其衾(そのふすま)　曾良」

——大垣滞在は八月下旬から九月五日まで、十日、乃至十四、五日というところであったろうと思われるが、師弟のなごやかな交流が想像されるではないか。

この大垣滞在中、また芭蕉は、戸田如水(とだじょすい)という藩の高官にも対面している。紙衾のことも、如水のことも、『奥の細道』には出てこないが、さまざまの文献や資料に芭蕉は影を落している。

当時、大垣は戸田采女正(うねめのしょう)氏定(うじさだ)十万石の城下町である。この一門で戸田如水という家老格の武士がいる。通称権太夫(ごんだゆう)、千三百石の大身で、邸は城内にあったが、下屋敷が室町にあった。風雅を好んだ人で、「如水日記」というのを几帳面につけていた。

それによると、桃青(とうせい)こと、芭蕉という俳人がご城下の如行宅に泊っているらしい、ということを聞く。大垣藩士にはその門人も多く、如水はかねて興味を持っていたのであろう、人を介して会いたいと申しこむ。芭蕉は所労で臥(ふ)せっていたが、ようやく本復したということで、如水の下屋敷へくることになった。それが九月四日である。

如水も大身の武士だから、城中へ招くことはできないので「忍に而、初め而、之を招き対顔す」とある。「如水日記」から読み下し文にして書きうつすと、（芭蕉は）「其歳四拾六、生国は伊賀の由。路通と申す法師、能登の方にて行き連れ、同道に付き、是にも初めて対面す。（中略）両人咄し種々、これをうけたまはる」話の多くは「風雅の儀」であった。案内してきたのは如行だったらしい。夜までゆっくりするようにとすすめたが、家中の武士たちと先約があるからと、夕暮れごろに帰ったという。先約の相手は如水より大身の武士ではない、身分からいえば低い人々である。しかし彼らとの先約を重んじ、高官のもてなしを固辞するあたり、芭蕉らしく、すがすがしい。如水もそれを感じたのであろう、「家中士衆に先約有之故、暮時分帰り申候」と書きとどめている。このときの表六句が伝わる。

こもり居て木の実草の実拾はばや　芭蕉
御影たづねん松の戸の月　如水

如水は芭蕉をどう見たか。
「今日芭蕉躰は布裏の木綿小袖帷子を綿入とす。墨染、細帯に布の編服。路通は白き木綿の小袖、数珠を手に掛ける」——路通は法体であり、芭蕉は半僧半俗という風躰か。
「心底はかりがたけれども、浮世を安くみなし、諂はず奢らざる有様なり」
と如水はしるす。

浮世を安く見なす、とは、浮世の掟のほかに自分なりの価値基準をもち、それに拠って自在の生きかたを楽しんでいるということであろう。武士というものは、ある面からいえば浮世の掟にがんじがらめになっている身分である。戸田如水は武士にしては思考の幅の広い、弾力性ある発想の持主であったらしく、芭蕉の精神的な幅を推察し得たのである。迎合もせず、威張りもしなかった、という如水の観察には、おのずと芭蕉への評価があらわれている。同時に如水の人間観をも示す。如水はなかなかに人間洞察家でもあったわけである。

翌五日、如水は、芭蕉が大垣を発つと聞いて、風しのぎのためと、南蛮酒一樽と紙子二着を贈っている。九月五日は陽暦十月十七日、川風はすでに冷たい。この南蛮酒は何だろう。ワインのたぐいだろうか。ポルトガル舶来の珍陀酒を、芭蕉は大垣の人々と別れに酌み交わしたのだろうか。

芭蕉はあらたなる旅へと発ったのである。

「旅のものうさもいまだやまざるに、長月六日になれば、伊勢の遷宮拝まんと、また舟に乗りて、

蛤のふたみに別れ行く秋ぞ」

『奥の細道』はそこで終っている。芭蕉は川に臨む木因邸の前から舟に乗り、大勢の人々の見送りを受け、水門川から揖斐川を経て長島へと下っていったのだった。――蛤の蓋と身を分けるように、離れがたい人たちと別れて、伊勢の二見が浦へと旅立つわが身。折しも秋、寂しさはなお増さるものを。

この蛤の句碑が、〈蛤塚〉とここ、大垣のむすびの地で呼ばれている。芭蕉が大垣を去ったその地点をゆかりとして、据えられているのだった。四角い石のまん中を円形に彫ってその中に句が、芭蕉の真蹟で刻されている。

芭蕉と木因の銅像も川を背にして立っていた。旅立つ芭蕉を見送るていの木因。その頃は家督を譲って隠居していたというが、木因さんも法体である。〈お元気で。またお目にかかりましょうぞ……〉と呼びかけているていであった。

芭蕉の銅像は多く見たが、川の傍に据えられているのは珍らしく、いかにも川の町、水

の町の大垣にふさわしい。あたりが明るいので、芭蕉の顔も晴れ晴れしてみえる。

対岸の緑が水面に影を落している。住吉灯台（すみよしとうだい）が梢（こずえ）の上にぬきんでてそびえる。江戸時代航行安全のため、灯が点じられていた灯台である。

平たく黒い川舟が浮んでいる。

対岸へまわってみると、灯台のある住吉公園は句碑が林立していた。植込の中にひしめいて立っている。ことさら大きい、横長のものは〈芭蕉送別連句碑〉である。人々は芭蕉との別れを惜しみ合う。

秋の暮行く先々の苫屋（とまや）哉　木因
萩に寝ようか荻（をぎ）に寝ようか　芭蕉
霧晴（はれ）ぬ暫（しばら）く岸に立（たち）給へ　如行
蛤のふたみに別れ行（ゆく）秋ぞ　芭蕉

『奥の細道』冒頭の「行く春や」に対し、芭蕉はその掉尾を「行く秋ぞ」で照応する。

人生は旅。旅の終るところは死である。死ぬまで人は漂泊し、流転し、変貌（へんぼう）しゆく。六百里、百五十日の旅に詩嚢（しのう）を肥やした芭蕉はその醗酵（はっこう）を、あたらしい旅の辛酸のうちにもとめようとして旅立つ。そうして『奥の細道』は更なる飛翔（ひしょう）を暗示して、静かに閉じられるのである。

私たちの取材の旅もめでたく満尾した。東京へ帰る妖子と亀さん、大阪へ帰る私とひい子は、かたみに、かたく握手しあって別れを告げた。

しかし、東北は偉大である。鬱然（うつぜん）たるちからにみちている。異文化の、底しれぬエネルギーがある。『奥の細道』を通じて私はそれを感じた。風雅を通じて畏敬（いけい）すべき一端をかいま見た。芭蕉もそう思ったのではないだろうか。

本書は、講談社より『「おくのほそ道」を旅しよう』(単行本、一九八九年/文庫、一九九七年)として刊行されました。

作中で描かれている各地の様子は執筆当時のものです。市町村合併などによる地名変更は初出に注記しました。

おくのほそ道を旅しよう

田辺聖子

平成28年 4月25日　初版発行

発行者●郡司 聡

発行●株式会社KADOKAWA
〒102-8177　東京都千代田区富士見2-13-3
電話 0570-002-301（カスタマーサポート・ナビダイヤル）
受付時間 9:00～17:00（土日 祝日 年末年始を除く）
http://www.kadokawa.co.jp/

角川文庫 19727

印刷所●旭印刷株式会社　製本所●株式会社ビルディング・ブックセンター

表紙画●和田三造

ISBN978-4-04-400035-6　C0195

角川文庫発刊に際して

角川源義

　第二次世界大戦の敗北は、軍事力の敗北であった以上に、私たちの若い文化力の敗退であった。私たちの文化が戦争に対して如何に無力であり、単なるあだ花に過ぎなかったかを、私たちは身を以て体験し痛感した。西洋近代文化の摂取にとって、明治以後八十年の歳月は決して短かすぎたとは言えない。にもかかわらず、近代文化の伝統を確立し、自由な批判と柔軟な良識に富む文化層として自らを形成することに私たちは失敗して来た。そしてこれは、各層への文化の普及滲透を任務とする出版人の責任でもあった。
　一九四五年以来、私たちは再び振出しに戻り、第一歩から踏み出すことを余儀なくされた。これは大きな不幸ではあるが、反面、これまでの混沌・未熟・歪曲の中にあった我が国の文化に秩序と確たる基礎を齎らすためには絶好の機会でもある。角川書店は、このような祖国の文化的危機にあたり、微力をも顧みず再建の礎石たるべき抱負と決意とをもって出発したが、ここに創立以来の念願を果すべく角川文庫を発刊する。これまで刊行されたあらゆる全集叢書文庫類の長所と短所とを検討し、古今東西の不朽の典籍を、良心的編集のもとに、廉価に、そして書架にふさわしい美本として、多くのひとびとに提供しようとする。しかし私たちは徒らに百科全書的な知識のジレッタントを作ることを目的とせず、あくまで祖国の文化に秩序と再建への道を示し、この文庫を角川書店の栄ある事業として、今後永久に継続発展せしめ、学芸と教養との殿堂として大成せんことを期したい。多くの読書子の愛情ある忠言と支持とによって、この希望と抱負とを完遂せしめられんことを願う。

一九四九年五月三日

角川ソフィア文庫ベストセラー

角川ソフィア文庫ベストセラー

李白
ビギナーズ・クラシックス 中国の古典
筧 久美子

大酒を飲みながら月を愛で、鳥と遊び、自由きままに旅を続けた李白。あけっぴろげで痛快な詩は、音読すれば耳にも心地よく、多くの民衆に愛されてきた。豪快奔放に生きた詩仙・李白の、浪漫の世界に遊ぶ。

老子・荘子
ビギナーズ・クラシックス 中国の古典
野村茂夫

老荘思想は、儒教と並ぶもう一つの中国思想。「上善は水のごとし」「大器晩成」「胡蝶の夢」など、人生を豊かにする親しみやすい言葉と、ユーモアに満ちた寓話を楽しみながら、無為自然に生きる知恵を学ぶ。

陶淵明
ビギナーズ・クラシックス 中国の古典
釜谷武志

自然と酒を愛し、日常生活の喜びや苦しみをこまやかに描く一方、「死」に対して揺れ動く自分の心を詠んだ田園詩人。「帰去来辞」や「桃花源記」ほかひとつ一つの詩を丁寧に味わい、詩人の心にふれる。

韓非子
ビギナーズ・クラシックス 中国の古典
西川靖二

「矛盾」「株を守る」などのエピソードを用いて法家の思想を説いた韓非。冷静ですぐれた政治思想と鋭い人間分析、君主の君主による君主のための支配を理想とする君主論は、現代のリーダーたちにも魅力たっぷり。

杜甫
ビギナーズ・クラシックス 中国の古典
黒川洋一

若くから各地を放浪し、現実社会を見つめ続けた杜甫。日本人に愛され、文学にも大きな影響を与え続けた「詩聖」の詩から、「兵庫行」「石壕吏」などの長編を主にたどり、情熱と繊細さに溢れた真の魅力に迫る。

角川ソフィア文庫ベストセラー

新版 歎異抄
現代語訳付き
訳注／千葉乗隆

愛弟子が親鸞の教えを正しく伝えるべく、直接見聞した発言と行動を思い出しながら綴った『歎異抄』。人々を苦悩から救済することに努めた親鸞の情念を、わかりやすい注釈と口語訳で鮮やかに伝える決定版。

新版 竹取物語
現代語訳付き
訳注／室伏信助

竹の中から生まれて翁に育てられた少女が、五人の求婚者を退けて月の世界へ帰っていく伝奇小説。かぐや姫のお話として親しまれる日本最古の物語。第一人者による最新の研究の成果。豊富な資料・索引付き。

新古今和歌集（上、下）
訳注／久保田淳

「春の夜の夢の浮橋とだえして峰に別るる横雲の空　藤原定家」「幾夜われ波にしをれて貴船川袖に玉散る物思ふらむ　藤原良経」など、優美で繊細な古典和歌の精華がぎっしり詰まった歌集を手軽に楽しむ決定版。

新版 古事記
現代語訳付き
訳注／中村啓信

天地創成から推古天皇につながる天皇家の系譜と王権の由来書。厳密な史料研究成果に拠る読み下し文、平易な現代語訳、漢字本文（原文）、便利な全歌謡各句索引と主要語句索引を完備した決定版！

新版 古今和歌集
現代語訳付き
訳注／高田祐彦

日本人の美意識を決定づけ、『源氏物語』などの文学や美術工芸ほか、日本文化全体に大きな影響を与えた最初の勅撰集。四季の歌、恋の歌を中心に一一〇〇首を整然と配列した構成は、後の世の規範となっている。

角川ソフィア文庫ベストセラー

土佐日記 現代語訳付き
紀　貫之
訳注／三谷榮一

紀貫之が承平四年一二月に任国土佐を出港し、翌年二月京に戻るまでの旅日記。女性の筆に擬した仮名文学の先駆作品であり、当時の交通や民間信仰の資料としても貴重。底本は自筆本を最もよく伝える青谿書屋本。

堤中納言物語 現代語訳付き
訳注／山岸徳平

「花桜折る少将」ほか一〇編からなる世界最古の短編小説集。同時代の宮廷女流文学には見られない特異な人間像を、尖鋭な笑いと皮肉をまじえて描く。各編初めに、あらすじ・作者・年代・成立事情・題名を解説。

源氏物語（全十巻） 現代語訳付き
紫　式　部
訳注／玉上琢彌

一一世紀初頭に世界文学史上の奇跡として生まれ、後世の文化全般に大きな影響を与えた一大長編。寵愛の皇子でありながら、臣下となった光源氏の栄光と苦悩の晩年、その子・薫の世代の物語に分けられる。

新版 枕草子（上、下） 現代語訳付き
清　少　納　言
訳注／石田穣二

約三〇〇段からなる随筆文学。『源氏物語』が王朝の夢幻であるとすれば、『枕草子』はその実相であるといえる。中宮定子をめぐる後宮世界に注がれる目はいつも鋭く冴え、華やかな公卿文化を正確に描き出す。

新版 百人一首
訳注／島津忠夫

藤原定家が選んだ、日本人に最も親しまれている和歌集「百人一首」。最古の歌仙絵と、現代語訳・語注・鑑賞・出典・参考・作者伝・全体の詳細な解説などで構成した、伝素庵筆古刊本による最良のテキスト。

角川ソフィア文庫ベストセラー

七十二候で楽しむ日本の暮らし　広田千悦子

「虹始めて見る」「寒蟬鳴く」「菜虫蝶と化る」など、七十二に分かれた歳時記によせて、伝統行事や季節の食べ物、植物、二十四節気の俳句や祭りなどを紹介。オールカラーのイラストでわかりやすい手引き。

金子兜太の俳句入門　金子兜太

「季語にとらわれない」「生活実感を表す」「主観を吐露する」など、句作の心構えやテクニックを82項目にわたって紹介。俳壇を代表する俳人・金子兜太が、独自の俳句観をストレートに綴る熱意あふれる入門書。

俳句、はじめました　岸本葉子

人気エッセイストが俳句に挑戦！　俳句を支える季語の力に驚き、句会仲間の評に感心。冷や汗の連続だった吟行や句会での発見を通して、初心者がつまずくポイントがリアルにわかる。体当たり俳句入門エッセイ。

芭蕉のこころをよむ　「おくのほそ道」入門　尾形仂

『おくのほそ道』完成までの数年間に芭蕉は何を追い求めたのか。その創作の秘密を解き明かし、俳諧ひと筋に生きた芭蕉の足跡と、〝新しみ〟や〝軽み〟を常とした作句の精神を具体的かつ多角的に追究する。

こんなにも面白い日本の古典　山口博

『万葉集』は庶民生活のアンソロジー、『竹取物語』は恋する男を操る女心を描き、『源氏物語』の六条院は老人ホーム。名作古典の背景にある色と金の欲の世界を探り、日本の古典の新たな楽しみ方を提示する。